おいてけぼりの錬金術師
Oitekebori no Renkinjutsushi
てぃる
Illust. 布施龍太

光道長
（ライトロード）
異世界においてけぼりにされてしまった錬金術師。普段は比較的冷静だが、時には熱い一面が顔を出す。
イドリアル
Sランクの冒険者。一騎当千の力を持つ戦闘民族であるエルフの少女。

「ちょっ、急に……うぅんっ！　はぁっ」
セーナ
主人公が作り出したホムンクルス。人がいるところでは猫をかぶっているツンデレ。
リアナ
主人公が作り出したホムンクルス。道長を第一として行動する癒し系。

「久しいのう……我が弟子、ライトロードよ」
ゲオルグ＝アリドニア
光道長の師匠。
王宮お抱えの
筆頭錬金術師。

Oitekebori no Renkinjutsushi
おいてけぼりの錬金術師
ている
Illust. 布施龍太

CONTENTS

Oitekebori
no
Renkinjutsushi

プロローグ　prologue

「はああああああ‼」

【勇者】が持つには見た目が禍々《まがまが》しい剣が、人の姿をしつつもその理《ことわり》から外れた悪魔の王【魔王】の体を切りつけた。

「ぐうっ！」

「奏《かなで》！」

「ホーリーフィールド！」

魔王の体を覆う【闇の衣】に亀裂が入ったのを勇者の少年が確認すると、すぐさま後ろに控えていた【聖女】の少女が聖なる力場を生成した。

「マジックブースト……プラズマストーム！」

「ぐおおおおおおお‼」

【大魔導士】の少年が強烈な電撃の魔法を放つと、魔王の体をズタズタに切り裂いた。

「よし！　効くぞ！」

「ナイス！」

その言葉と共に【バトルマスター】の少女が目にも見えない速度で魔王に肉薄すると、魔王の体に次々と拳《こぶし》を叩き込んでいく！

「調子に……乗るなぁぁぁ！」

魔王は少女に向かい闇色に輝くその手のひらを強引に振るう。

少女は危なげなく後ろに下がると、回復しない魔王の体を確認し薄ら笑いを浮かべた。

「さすが、光君《ひかり》お手製の手甲ね。バッチリだわ」

「ああ、だが……ここからは聖剣の出番だな」

勇者はその手に似合わない禍々しい剣を地面に捨てて、それとは別の神々しい輝きを放つ剣を握っていた。その剣こそ、魔王に最大級のダメージを与えられると言われる聖剣だ。

「こーいちー、やっぱそっち使うの？」

「ほ、ほら、攻撃力とか見えないし……」

「光印の魔導剣のがいいと思うが？」

「あれ魔力すっげえ喰《く》うの！　しんどいの！」

「勇者が泣き言を言うんじゃない！」

「まあ作った本人も『呪いの魔剣とかと変わんないかも』って言ってましたから」

「いいけど、ちゃんと制御しろよ？　ここで暴走されちゃ敵わないからな？」

「この聖剣なら、魔王の魂までも断ち切ることができる！　聖剣が教えてくれたんだ！　今こそ自分を使えって！」

「我を前に雑談とは……」

「おっと」

勇者パーティは苦々しく呻《うめ》く魔王に改めて視線を向けた。

「俺達は、お前を倒して……必ず帰るんだ！」

再び始まる激闘……いや、死闘。

異世界から召喚された少年少女達が魔王城に侵入して約半日。

彼らの奮闘の前に、とうとう魔王は断末魔の悲鳴を上げたのであった。

◇◇◇

「……神託を受けました。コウ達が無事魔王を倒してくれたとのことです」

【大神官】の少年が同じクラスメート達を連れだって現れたのは、ダランベール王国内における最上位の人間の前。国王のいる謁見の間だ。

「やってくれたな……コタロウ、ヒロミ、マサキ。お前達もよくみんなを支えてくれた」

「問題ありませんよ。第一コウ……コウイチ達が頑張った結果です」

「そんなことはありませんわ。コタロウも含めて、サポートに徹した皆様のご助力あってのことです」

「……王妃様、ありがとうございます」

感謝の言葉を受けると供に紘一達の体が光に包まれていく。

「どうやらお別れの時みたいですね」

「……皆に直接礼を言えぬのが心残りだな。コタロウよ、この場におらぬ五人にも感謝の言葉を、余の代わり礼を伝えてくれぬか」

「分かりました。我々の方こそ、お世話になりました」

「我がダランベール王国は、貴方達の献身を決して忘れません」

コタロウ達三人が笑みを浮かべる中、徐々にその体を覆う光が強くなり三人を飲み込むと消えていった。魔王討伐の四人も同様である。

◇◇◇

「おお、戻った！　はは！　制服だ！　教室だ！　懐かしいっ！」

「わースマホだあー！　久しぶりだなぁ」

「二年ぶりだもんなぁ。あれ？　みんな縮んでない？」

「女神様の言った通り、時間は経《た》ってないのね。飛ばされた日の放課後、そしてその時の年齢の姿……に戻ってるのかな？」

「ああ、恐らく、だがな……」

「帰りたいなぁ。パパ……は仕事か、ママになら会えるかな？」

「……川北《かわきた》さんと相良《さがら》さん、やっぱりいないね……」

「死んじゃったもん……」

「……」

教室内に沈黙が訪れる。

「ねえ」

「ああ……残念だが」

「そうじゃなくて。いや、そっちもまずいんだけど……」

「ん？　あ‼」

「ええ⁉　なんで⁉」

全員が顔を見合わせて周りを検めて見渡した。

「光君は⁉」

「みっちー‼」

「光⁉」

「「「いねぇ‼」」」

◇◇◇

自作の馬車に揺られて、オレは王都からひっそり逃げ出していた。

揺られて、と言ってもこれはオレの作った魔導馬車だ。揺れもほとんどないし、馬も錬金生物《ホムンクルス》である。

時間は、深夜。

魔王が倒され、女神様がオレの仲間達を返した日。オレは自作の工房で薬の調合を行っていた。

薬の調合はデリケートな物だ。素材一つ一つの状態はもちろん、清潔な場所で。更に他人の魔力や空気中の魔素を可能な限り排除しなければならない。ポーション程度の調合であればその辺は気にしないで済むが、あの時オレが調合していたのはエリクサーだ。

一口飲めば体力・魔力共に最大限まで回復させ、肉体の欠損まで再生させることのできる最高級の回復薬。

クラスメート達が傷付き、帰ってきた時に必要になると思い調合をしていたんだ。

オレ以外の魔力の影響なんぞ受ければ、確実に失敗する。

だから工房に籠って作業をしていた。

結果としてエリクサーの調合には成功したが……帰りそびれた。

女神様の魔力を、オレのいた工房が弾いてしまったんだ。

女神様も頑張って時間を引き延ばそうとしたり、【神界】の結界を強化するために使用する予定だった『魔王が倒れた際に拡散された魔力』も使ってオレの工房ごと魔力を包んで移動させようとしたりと、オレの知らないところで色々と模索してくれていたらしい。

だがオレの工房は鉄壁だった。

工房は魔王軍との最前線での補給基地も兼ねていたからそりゃあもう鉄壁だったのだ。流石はオレの作品。

結果、女神様は諦めた。

ちなみに、もう一度お願いしますと丁寧に伝えたところ『三〇〇年ほど魔力をためるから待ってくださいね』と素敵な笑顔で言われた。

ちくしょうめ。

こうしてオレはおいてけぼりをくらった訳だ。

「思い出すだけでため息が出る……」

仕方なく、王国騎士団連中と一緒に王都に帰還。

勇者パーティのメンバーだったオレも本来帰るはずだったのだが、残ってしまっていたので王宮は大混乱。

国王は爵位をだとか領地をだとか娘を嫁にだとか、騎士団長は国家専属の錬金術師にとか武具の作成をとか養子に来いとか、大臣は凱旋《がいせん》パレードだとか国民にお披露目だとか他国との外交の切り札にだとか娘と娘を嫁にだとか。

すごかった。

面会・謁見・面会・面談・相談・謁見・面談と終わりのないループにはまって、なんか色々肩書をもらう羽目になった。

オレ自身のことならともかく、他のクラスメート達の功績までオレの物になりそうな勢いだ。

ハッキリ言っていたたまれない。

それに作らなければならないものがあるからこんなことで時間を取られたくない。

なんやかんやあってようやくできた空き時間。こっちの世界に来た当初にお世話になった国お抱えの【ビルダー】であるオレの師匠ことジジイに相談したら素敵な言葉をいただいた。

『面倒なら逃げればいいんじゃよ』

流石は師匠！

普段はただのジジイだが、この一言で株は爆上がりだ。

『ワシの【ビルダー】と同様に、モノヅクリに特化したジョブで更にワシの上を行ける【マスタービルダー】のお主なら生計を立てれるじゃろ。蓄えもあるだろうしの……孫が領主をしとる。

店を開けるように一筆書いてやろう。ああ、お主の名や立場はもちろん伏せておく。元々ワシやワシの弟子達がヤンチャしてた土地じゃ、多少非常識な腕の持ち主でも領民は慣れたもんじゃろう』

そうやってジジイことゲオルグ＝アリドニアが、色々と手続きを取ってくれることになった。

もちろん秘密裏に。

『あとは名前じゃの……お主の名前は既に国中に知れ渡っておる。ヒカリはライト、道長《みちなが》は、ロードでよいか。ライトロードでいいかの？　ああ、構わんか。じゃあこれも渡しておくぞぃ』

錬金術師ギルドのギルド会員証だ。Aとある。

『マスタービルダーどころかワシのビルダーも一般的ではないからの。錬金術師と名乗った方が無難じゃて。階級の見方は冒険者ギルドと変わらんぞぃ』

冒険者ギルドのランクはF～Sだ。最上級じゃなければ悪目立ちすることもないだろう。

そして今。師匠にお膳立てをしてもらい、師匠のお孫さんの治める領に絶賛夜逃げ中である。

「色々と作らないといけないものもあるしな……」

死んでしまったクラスメート二人を蘇生《そせい》させるアイテムも作らなければならない。

ジジイの領地には生命に関する魔物や植物が多くいるらしく、彼女達の蘇生に必要な素材の中で判明している物のいくつかが手に入ることも分かっているから居を構えるには最適だ。

その後は元の世界に帰るための魔道具の作成。こちらは見当もつかないが……とりあえず二人の蘇生が優先だ。

その領地は魔王軍との前線基地だった場所から離れているし、オレの顔を知っている人間もいないだろう。

なんだかんだ言って黒髪は目立つので念のため髪の色も染色料を使って青くしておいたし。

こっちの世界にきて二年、色々と素材は手に入れたが足りない物も多いし不明な物もある。

オレは気を引き締めると、新天地へと馬車を進めていくのであった。

オレは女神の加護を受け、異世界に取り残されたマスタービルダー。

名前は光道長《ひかりみちなが》という。

今の名前はライトロード。そして職業は錬金術師だ。

さしずめ、おいてけぼりの錬金術師と言ったところか。

うん……色々頑張ろう。

◇◇◇

ところ変わり、道長が姿を眩《くら》ませたダランベール城。

「姫様！　ミリミアネム姫様！　ミチナガがいませんっ！」

「ええ!?　どういうこと!?」

「お、お手紙が机の上に……」

薄着のセクシーなランジェリー姿の女性が道長の書いた手紙、というよりも走り書きを姫に見せた。

『探さないでください』

ビリリリリッ！

「全騎士団員に通達！　衛兵達も総動員よ！　なんとしてもミチナガ様を探すんですっ！」

「はっ！」

「あと、セリアーネ」

「はっ！」

「そんな恰好でミチナガ様のお部屋に何をしに行ったのですか？　こんな夜中に」

「うっ⁉」

「あんた抜け駆けしようとしたわねえええええ‼」

「ちが、これは！　副長や団員達に強引に！」

「言い訳無用よ‼　その乳もいだりますわ！」

「おやめ！　やっ！　んっ！　ひ、ひめ！」

「良いではないか～！　良いではないか～！」

「ひゃああ～～」

……道長の大捜索が始まっていた。

第一話　街に降り立つ錬金術師

　アリドニア領、領都に到着。

　領都だけあって人が多く、その分入場に時間がかかってしまった。

　まあ魔王軍との戦いが収束した後だ、色々と人の動きも活発になっているからしょうがない。

　ジジイの言いつけ通り、領主の館まで魔導馬車をゆっくりと走らせた。

　城ではないが、でかい屋敷が見えているし、ジジイの貴族紋と同じものがあるから間違いないだろう。

「すいません、ゲオルグ＝アリドニア様よりご紹介を受けました錬金術師のライトロードです。ご連絡をしていただいてもよろしいでしょうか」

　領主とは勿論貴族だ。いきなり会わせてくれと言っても会えない。

　先触れの手紙や使用人を使うのが通例だ。

　馬車の御者台から降りつつ、領主の館の番兵にその旨を伝える。

「む？　先々代様からか？　珍しいな……」

「紹介状もあります」

「この紋章は、当家の物で間違いないな。馬車はお預かり致します。領主様のご予定を確認致します」

　ジジイの手紙は問題なく効力があるようだ。

オレは屋敷に入ってすぐの比較的豪華な部屋に通された。

「ようやく来たな、錬金術師」

「はい？」

紅茶をもらいながらくつろいでいると、燃えるような赤い髪をした綺麗な女性が部屋に入ってきた。

ピシっと決まったその仕事着からスタイルの良さも伺わせる。

すっげー綺麗《きれい》な人だ。キラキラエフェクトと後光がさしているレベル。

「おじい様の紹介状を見た、ウチの領で商売をしてくれるそうだな」

「…………」

「おい、どうした？」

「あ、すいません。ゲオルグ様のお孫様なんです……よね？」

「非常に遺憾《いかん》ながら、そうだ」

「あははは」

スーパー似てない。ジジイ小さいし髪も真っ白だし。

あのジジイ、孫にもセクハラしとるんか？

「魔王軍の侵攻の際、ウチからも錬金術師が何人か連れていかれたが……その補充で間違いないんだな？　お前さん」

「はい、そのようにゲオルグ様から聞いております」

「……そうか、失礼ながら会員証は？」

「こちらです」

懐から錬金術師ギルドの会員証を出して軽く魔力を走らせる。

錬金術師は全員魔力持ちのため、会員証は本人確認の機能が付いている魔道具になっているのだ。

薬を扱い怪我人《けがにん》や病人を看ることもある以上、錬金術師という存在はギルドによってある程度管理されている。

「Aランクか。おじい様も奮発してくれたな」

「あはははは……」

やはり高ランクのようだ。

オレは真面目な顔に表情を作り直し、椅子から立ち上がって改めて挨拶をした。

「ゲオルグ＝アリドニア様のご紹介により参上致しました、凄腕《すごうで》錬金術師のライトロードでございます、伯爵様」

「領主のソフィア＝アリドニアだ。ソフィアでいい。しかし凄腕と自分で言うか。まあ座ってくれ、事務的な話をしよう」

「はっ、ソフィア様」

ソフィア様が席を勧めてくれたので着席をする。

この国では目上の人より先に座るのがマナーらしいです。先に偉い人が座った時に切りかかって来られると危ないからだとか。その考えに至るのが危ない。

「本当ならウチの工房があるここで仕事をしてもらいたいんだが、ここから離れた街で錬金術師が足りてなくてな、そっちで働いてもらうつもりだ」

「そちらには冒険者ギルドがありますか？」

ないと薬草や魔物素材といった物が手に入りにくい。

「あるぞ。ダンジョンも近いから腕のいい冒険者が多い。だが腕のいい錬金術師がいなくなってしまって、冒険者達が少し離れ始めている。お前さんの腕がよければ人も戻ると思うが」

冒険者達は命掛けの仕事をしている。質のいい回復薬や便利な魔道具がないと生存率が落ちてしまう。

「冒険者ギルドがあれば素材は手に入りますからね。多少時間がかかるかもしれませんが、少なくともこれ以上の流出は防げるんじゃないかなと」

一般的な冒険者が必要とする回復薬なら素材さえあればいくらでも作れるからね。

「頼もしいな、助かるよ。錬金術師が住んでいた家に入るか？」

「いえ、他人の使っていた設備は魔力の波長が合わない可能性もあるので。土地さえ頂ければこっちでなんとかします」

「そうか！　助かる。場合によってはそこに住んでいる家族を追い出さなきゃいけなくなるからな」

ああ、錬金術師がいなくなってもご家族が残ってることがあるのか。

「ダンジョンも近くにあるのであれば条件はかなりいいですね」

「海も近いし大きな森もあり、条件はいいのだ。だが腕のいい錬金術師は国や貴族に抱えられていることが多くてな。おじい様でもその辺のことを無視して人をこちらに寄こせないと言っていたんだ。まったく。国一番の錬金術師の権威だというのに」

まああの人、実際は【ビルダー】だから【錬金術師】ではないけど。

「だがAランクの錬金術師をこうして寄こしてくれたんだ。感謝の手紙でも送ってやらねばならんな。ここまでの道中はどうだった？」

「王都からは遠いので、結構時間がかかりましたね。盗賊なんかもいましたし」

ここからは旅人として領主に報告だ。ジジイにも言われてる。

盗賊の出る街道や夜盗の類が出る町や村の情報に領主達は敏感らしい。世間話をしつつ色々な情報を交換した。

城では綺麗でも近づいちゃいけない類の人が多かったから、綺麗で話の分かる人との会話はなんか新鮮だった。

「今日は泊まっていくといい。向こうの街を治めている町長にも紹介状を書かないといけないからな」

「ありがとうございます、ご厚意に甘えさせていただきます」

ソフィア様から歓迎を受け、豪華な部屋をあてがわれたのでゆっくりすることに。

とは言っても、自作したテントの方がゆっくりできるけど。

貴族の部屋でテントを作る訳にもいかないので、お部屋の設備でリラックス。

ジジイの残していった錬金術の本がいくつもあったので、それを読ませてもらったりもできた。

そして翌日は朝から出発することにする。

オレの行く予定の街まで、ここから一週間はかかるらしいからだ。まあオレの馬車なら早く着くけど。

「この手紙を町長のギルフォードに渡すといい。土地や使用人も用意してくれるはずだ」

「ありがとうございます。まあ使用人は……大丈夫です」

「そうなのか？」

「錬金術で使う素材の中には危険な物もありますから、基礎の知識がない者を近づける訳にはいきません」

「なるほど」

「使用人は後ほど合流しますから大丈夫ですよ」

「そうか、すまんな。知らずに手紙に書いてしまったよ。そっちで上手く伝えてくれ」

「はい、お世話になりました」

「こちらこそだ、いくつかハイポーションもらえたしな」

「泊めていただいたお返しです」

「正直助かるよ、決して安いものじゃないから」

「気にいっていただけたましたらご注文ください。次からはお金をもらいますので」

「商売上手だな、Aランクの錬金術師殿ならばそのようなことをせずとも客はくるだろうに……ライトロード、君には期待している。何かあった時には連絡をくれ」

ソフィア様が握手を求めてきたので、それに応じる。

「ええ、落ち着いたら顔を出してよろしいですか？　ジジイ……ゲオルグ様の著書で読んだことのない物がいくつかあったのでそれをまた読ませていただきたいです」

生命に関する調合の考察のレポートなんかもあったからしっかり目を通しておきたい。

「ああ、いつでも来てくれ」

「はい、それでは失礼致します」

きっちり挨拶を交わすと、馬車の御者台に乗り込んで馬を歩かせる。

領主だけでなく、使用人の方々にも見送られたのでゆっくりとだ。

新しい街、楽しみだな。

◇◇◇

「クルストの街、ようやく着いたなぁ」

なんだかんだ言って三日ほどで到着。

普通の馬車で一週間でも、うちの馬は錬金生物《ホムンクルス》だ。疲れないので休憩はいらないし、単純に普通の馬より早いので、かなりの速度で進めることができるのだ。

領都との間にいくつか宿場町があり、巡回の兵士もしっかりいたので安心・安全な道のりだった。

多少魔物が出たけど、流石に街道に出て来るような魔物ならばオレでも勝てるのである。

「意外と大きい街だな」

今までいた王都や領都と比べるともちろん小さいが、それ以外の街と比較するとかなり大きい街だ。

だからこそ錬金術師の数が足りないというのは深刻な問題なんだろう。

ダンジョンが近いという話も本当なんだろう。冒険者の姿も多く見受けられる。

そして微妙に注目を浴びている気がする。

冒険者達だけでなく、商人やそれ以外の人も道を開けてくれた。

「なんだろ」

そんなことを考えていると、門に詰めている兵隊が何人か出て来た。

「貴族の馬車でありますか？」

「あー、まあ馬車立派ですからね。オレ自身は貴族じゃないです。この街の町長に領主様から手紙は預かってますけど」

王都や領都には貴族も多く出入りしてたけど、この街はあまり貴族が来ないらしいので馬車も屋根がない物が多い、というか牛車のが多いくらいだ。

「左様でしたか。お手紙を見せていただいても？」

「はい」

蜜蝋《みつろう》で押印され封をされた手紙を渡す。

もちろんその門番も勝手に開けるような真似はしない。

「本物……に見えますな」

「領主様を騙《かた》るような真似はしませんよ。命がいくつあっても足りない」

貴族と偽ればそれだけで極刑の世界である。貴族の遣いだと嘘《うそ》を言っても同様だ。

「念のため町長の……ジブラータル卿の館まで案内します、卿は外に出ておりますが執事の方には話を通しておきたいですから」

「わかりました」

「身分証明書の確認をよろしいですか？」

「これでいいですか？」

錬金術師ギルドの会員証を渡す。

「え、Aランク……っ！　失礼しました！」

「そんな畏まらなくていいですよ。オレは平民ですから」

「はあ」

意外と会員証の効果が高い。この世界でも医者的な人の地位は高いようだ。神官も医者みたいなものだけど。

「ご案内致します。馬車のままどうぞ」

「悪いね」

とんとん拍子で話が進むのは楽である。

◇◇◇

門番の兵士さんが言っていた通り、町長（貴族なので街ではジブラータル卿と呼ばれる）は不在だった。

執事さんの話では魔物の群れが現れたので、兵士と冒険者を連れて大規模な討伐作戦に出ているらしく一週間は帰ってこられないのではないかとのことだ。

領主からも話が行っていたらしいが、行き違いになったかな？

とりあえず執事さんに宿を紹介してもらい、戻り次第連絡をもらえる話になった。

執事さんに詳細は伝えたので、明後日物件……というか土地の紹介はしてもらえることになった。

まあ最終的な決定権はそのジブラータル卿が持っているそうなのであくまでも下見である。

一日空くのは土地の選定の時間だそうだ。

しっかりした執事さんである。

紹介してもらった宿に馬車を預けて、目的地に到着した。

「と、いう訳で。来ましたよ、冒険者ギルド」

錬金術師ギルドはこの街にはないのでそっちに挨拶に行く必要はないし。

オレは冒険者ギルドにも登録してあるけど、真面目にランク上げをしていない。クラスメート達との寄生プレイで一応Cランクだが。そもそも依頼を出したり買う側なので依頼を受ける必要はない。

ギルドに入ると、思ったよりも人が少なかった。

例の討伐隊に参加している人が多いのだろう。

人間以外にも獣人や人間と獣人のハーフもいる。流石は冒険者ギルド。

カウンターにいるおっさんと目があったので、そちらに足を運んだ。

「見ない顔だな。他所《よそ》から来たのか？」

「ええ、錬金術師をしています。ポーションの納品とアイテムの素材依頼ができればと思ったのですが」

「錬金術師！　そうか！　この街を拠点にするのか？」

「町長の、ジブラータル卿に話を通したらですけど。領主様にはご許可をいただいているので。ダンジョンが近いですから素材を入手するにも便利ですし」

「そいつは助かるな。ちなみに腕は？」

「自信はあるよ？　えーっと、そこの人。少し怪我してるでしょ」

たまたま目に付いた冒険者が包帯を巻いていたので声をかけた。

「ん？　俺か？」

「うん。このポーション使って、今回はタダでいいよ」

「タダかぁ、じゃあもらうかな」

オレは怪我をした冒険者に手に持ったそれを渡した。

冒険者の男は包帯を解《ほど》いて傷の上からポーションをかけた。

「おお、すごいな」

「多少毒消しの成分もあるから飲んどいたら？　怪我から毒や病気が入るかもしれないからね」

「あ、ああ……」

男は躊躇《ちゅうちょ》しつつも一口。

「おお、苦くないいな」

「あー、やっぱ普通のは苦い？　結構コツがあるんだよ、苦みを消すのは」

苦みは回復成分が抽出しきれなかったことで起きる。抽出が完全にできれば苦みは消えるのだ。まあ薄いお茶みたいな味にはなるが。

「これを納品するの……か？」

「そのつもりだけど」

「兄ちゃん」

カウンターのおっさんがオレに声をかけてきた。

「ハイポーションはあるか？」

「あるよー」

オレは手提げからいくつかハイポーションを取り出す。

「ポーションは今まで通りの所から仕入れられる。ハイポの納品を頼めるか？」

「別に構いませんけど」

「すまんな、親父さんを亡くした子が今は納品してくれてるんだ。あの子の仕事を奪いたくはない」

「そういう事情ですか……それならハイポーションも普通より高めに売ります？」

「……いいのか？」

「オレとしては利益が増えるんでむしろ儲《もう》けものですけど。まあ冒険者ギルドと錬金術師ギルドの取り決めがありますから常識の範囲内でね」

「助かる、瓶はどうする？」

「回収で」

「分かった。納品はいつからだ？」

「工房ができてからですね。ジブラータル卿が戻らないと許可が取れませんから」

「むう大規模な討伐作戦でハイポーションを大量に持ってかれたからな、早めにほしいのだが……」

「今ある分を先に渡しておきますか？　結構ありますから」

ポーション各種はかなりの数がある。

クラスメート達が怪我をした時のために大量に用意したものだ。

ついでに魔王軍との戦闘を行う時に補助をしてくれた騎士団や兵士達のためにも大量に作ったのである。

今の手持ちの手提げにはそこまで多くは入れていないが、工房を設置できればそこにもかなりの数がある。

取りあえず手提げからハイポーションをいくつか取り出した。

「魔法の鞄《かばん》か。結構入る奴だな」

「ないと素材回収の時に不便ですからね」

オレは鞄から次々と薬を取り出した。

「おいおい、いくつあるんだよ……」

「一〇〇本以上あるけど、とりあえず二〇本くらいで……」

「一〇〇本くれ、っと。ここじゃまずい《まず》な。個室に行くか」

オレはおっさんに案内されて冒険者ギルドのカウンターの奥の部屋に案内される……かと思い

きや階段を上がり……。

「ん？　随分豪華な部屋……」

「ギルドマスターの部屋だ。言っておくが俺はマスターじゃないぞ」

「だよね？　普通、カウンターにはいないよね」

「ああ、後進に譲った」

「元マスターかいっ！」

「年寄りがいつまでも上にいては席が空かないからな」

このおっさん、なんと元ギルドマスターらしい。

「そこの床に出しておいてくれ、後で職員に取りに来させる」

「了解。一〇〇本ね」

オレは手持ちの魔法の手提げからポーションを大量に並べる。

そんな中、おっさんが紅茶を用意してくれた。

「大盤振る舞いだな、正直助かるよ」

「ここの領主様からの命令だよ。冒険者の流出が始まってるから抑えてほしいってね」

「確かに腕のいい錬金術師がいなくなっちまったからな。質の悪いポーションに愛想をつかせたガキ共が多い」

冒険者をガキって呼ぶのかこのおっさん。

「それに、魔物の生息域の変化も問題でな。調査に行かせようとした矢先にモンスターの大規模発生してててんてこまいだ。まあ今回はゴブリンの群れらしいからなんとかなるだろ。ジブラータ

ル卿とここのギルドマスターが主導して討伐隊を組んでるからな」

「強いんだ？」

「化け物だよ」

　そりゃあ怖い。

「魔王の侵攻で一部の魔物の生息域が変わったのが一番の問題だな。本来ならば低ランクの冒険者の狩場にも強い魔物がいる、なんてことも増えた。怪我人が増えるのはもちろん、中には無駄な犠牲者もな」

「……」

　確かに、それは問題だ。

「ハイポーションを一つ、一五〇〇ダランで買おう。ここでの販売価格は一八〇〇ダランでどうだ？」

「なら工房ができたらそっちでも一八〇〇ダランで売ろうか。瓶の回収は二〇〇ダランにして」

　ダランというのはこの国の通貨単位だ。一〇〇〇ダランで一〇〇〇〇円と勝手に理解している。

　ダラン金貨一枚で一〇〇〇〇ダラン、ダラン銀貨一枚で一〇〇〇ダラン。

　小銀貨一枚で一〇〇ダラン、銅貨一枚一〇ダラン、小銅貨で一ダラン。

　二年もいれば覚えるものだ。

「価格は同じでいいのか？」

「こっちはもっと飲みやすい奴を高値で売るさ」

「話が早くて助かる。ついでに魔物素材の買取も頼みたいところだが」

「それは必要な時に必要な物をって感じかなぁ」

「じゃあ査定だけでも頼めるか？　領都で売れる」

「可能な範囲でって感じだね。オレも全部の素材の価値を知ってる訳じゃないし」

「まあ、そりゃあそうか。そういえばお前さんランクは？　てか正規の錬金術師か？」

「そだよ、ほれ」

毎度おなじみ会員証。

「Aか！　初めて見たぞ」

「え？　Aだよ？　Sじゃないよ？」

「錬金術師ギルドにSランクなんかないぞ」

「え？」

「ん？」

あれ？

「マジ？」

「マジだ」

驚きの新事実だ。Aランクが一番上らしい。

「Aランクの錬金術師ってのは、錬金術師ギルドの中でも最高の称号だぞ？　お前さん、学校で習わなかったか？」

「錬金術師の学校、行ってないし……」

「腕が良くなきゃ資格は取れねえから、納得っちゃ納得だが。ちなみにAランクの条件ってエリクサーが作れるかどうからしいが」

「あ、作ったね。結構神経使うけど」

確かにあれはすごい薬だ。高ランクの術師じゃないと作れないのは納得である。

「お前さん、人間に見えるがエルフかなんかか？　見た目通りの年齢じゃないだろ？」

「十七歳……？　十八歳？」

「十七って書いてあるな」

「カードに書いてあった！」

とある女神様からの加護のおかげで作れるのであって、普通に人間の十七歳です。

ちなみに【ビルダー】や【マスタービルダー】以外にも【精錬師】や【調薬師】みたいな職の人も錬金術師ギルドに所属している。同じようなギルドがいくつもあるのは面倒だからね。

「若いのに苦労してんだなぁ」

「師匠がスパルタだっただけですよ」

ジジイのせいにしておこう。

「薬草の買取は受け付けますよ、毒消し用の物も。まあそっちは種類があるけど」

「薬草はなぁ、いつもの子に売っちまってるから」

「ああ、そんなこと言ってましたね」

「多少はそっちに回せるが、なるべくあの子に仕事をやりたい。これまでポーションを卸してくれてたのはあの子だけなんだ。大事にしてやりたい」

「偉い子もいるものですね。他の錬金術師もいるんでしょ？」

「いるが、一人はもうボケが来てるほどの老人だ。もう一人はプライドが高いらしくてな。魔物の査定を頼んでも毎回断られてる。先週、討伐隊のためにポーション作ってくれって頼みにいかせたら断られたってさ」

「あー、どこにでもいますよねそういう人」

ポーションなんていう程度の低いアイテムを作るのは自分の仕事じゃないっていう錬金術師も少なくない。弟子がいる錬金術師なら弟子に作らせたりもする。

少なくともここ二年の旅の中で何人も会った。

「まあポーションなら片手間でも作れますから。取りあえず工房を構えることができたらお願いします」

「ああ、よろしく頼む」

ここでもがっちり握手を交わし、今回の取引は終了だ。

◇◇◇

「納品は彼女を通してくれ、物販も担当している受付だ。俺が暇そうにしてたら俺に声をかけてもいいぞ」

「カテジナです。よろしくお願いします」

「ライトロードです。よろしくお願いします」

赤毛でそばかすと、どこかで見たことあるような見た目の女性だ。

「納品物は先ほど確認致しました。素晴らしい品ですね」

「どーも。ついでにこの辺りで見られる魔物のリストなんかもあれば見せてもらえます？」

「ご準備致します」

カテジナさんはカウンターから離れる。

「そういえば」

「ん？」

「おっさんの名前聞いてないや」

「ああ、そういやそうだな。色々衝撃で忘れてたわ」

がははは、と笑うおっさん。

「ボーガンだ。まあおっさんでいいぞ」

「了解」

「こ、こんにちは」

話していると、小さな影が冒険者ギルドの扉を開けて入ってきた。

大きな箱を子供が持って登場した。

そのせいか、足取りもフラフラしている。

「嬢ちゃん。今日も来たな」

「いつもありがとな、荷物持つよ」

「すすす、すいません！　ありがとうございます」

小さな女の子だ。冒険者達が優しく対応してくれている。

「ゲイル、こっちに運べ」

「あいあい」

「それと残りも持ってきてやれ」

「了解、嬢ちゃん。俺が行くよ」

「どれ、オレも付き合うか」

「ありがとうございます！」

冒険者が二名、その女の子について出ていく。

「ポーションは液体だからな、あんな小さな子じゃ何回も往復せにゃならん。うちの連中が運んでやってるんだ」

「愛されてんなぁ」

まあ小さな女の子が頑張っている姿は応援したくなる。

「おう、親父さんが一人で育ててやってたんだが……先月、素材の回収に行って、その時に魔物に襲われちまった」

「ああ……なるほど」

この世界じゃ珍しくない話だ。

魔王に攻められた後の街や村では特にそういった事例が多かった。今更感情が揺さぶられるなんて……。

「あのくらいの子供なら孤児院に入れるべきなんだろうが、親父さんの工房を守るんだって息巻いててな。きちんとポーションも納品してくれてるから、せめて応援だけでもって……贔屓《ひいき》しててるみたいで……違うな。贔屓してるんだ。孤児なんか他にもいっぱいいるのに」

「あの歳で自立してるのか？　大したもんじゃねえか」

スーパー泣ける。

「ああ、だから薬草を格安で売ってポーションを高値で買ってやってる。毎日納品してくれる真面目な子だよ」

「毎日？」

「ああ。親父さんも週に二、三回だったのに、まだ失敗が多いから回数を重ねないとって」

「先月から……毎日？」

「まあそうだな。葬式があって、その次の日からか」

「お待たせしました、こちらが周辺の魔物の資料です」

「あ、ども」

おっと、いつまでも見てちゃ失礼か。

「ダンジョンの物もありますけど……」

「一度に覚えきれないだろうからとりあえずこっちだけで」

「はい。ご入用でしたらまたお声がけください」

「ありがとう」

オレは渡された紙束をカウンターに……。

「あっちでやれ」

「うす」

ここは他の冒険者も使う場所でした。

◇◇◇

黙々と資料に目を向ける。

王都よりも魔王の領域に近い街の魔物が多い。薬草もホジョル草か、根の処理をしっかりしないといけないな。

毒を持つ魔物の種類も複数いる。

これは解毒薬も何種類か用意した方が良さそうだ。

マナポーションの素材になる月見草も取れるのか。ダンジョンがあるなら需要があるかもしれない。

蘇生薬の材料も、多少遠出させれば手に入りそうだ。これは依頼をかければ持ってきてもらえるかな？

石化をしてくる魔物はいないみたいだけどダンジョンにはいるかもしれない。後で調べておこう。

「ありがとうございました！」

「いいのよ、ミーアちゃん。これ、食堂の余りのパンね。ダメになっちゃうから持って帰って？」

「いつもありがとうございます」

さっきの小さな錬金術師の納品が終わったみたいだ。

顔を上げて改めてそっちを見る。
七、八歳くらいだろうか？　茶色い髪の可愛《かわい》い子だ。
目の下のクマがなければ。

「やくそう、いいですか？」

「ええ、誰か運んであげれる？　それと回収した空き瓶も」

「あいあい」

冒険者の一人が大きな皮袋に入っている薬草を……あんなに？

「すげえだろ。納品数が増えればもっと稼がせてやれるんだがな」

「一人であんなに使うのか。一日三〇〇本くらい作れるんじゃねえか？」

「大体三〇本くらいだな」

「は？」

「失敗が多いらしいんだ。で、失敗しないように多めに薬草を使ってるって前に言ってたぞ」

「あれで三〇〇本……一本もらえるか？」

「あ？　ああ」

五〇〇ダラン支払い、入荷したてのポーションを一口。

「にげぇ」

「まあポーションだからなぁ」

「そうじゃない。錬成時の抽出が甘い。というか、あんな子供があれほどの数の薬草を処理しようとしたら相当魔力を……あ！」

「どうした？」

「あの子、魔力欠乏症じゃねえか？」

「はあ？」

「さっきからフラフラしてる。単に寝不足かと思ったけど魔力欠乏症の症状に」

パタ。

「倒れた」

「ミーア‼」

「ミーアちゃん‼」

◇◇◇

「あれだな。寝不足&魔力欠乏症のダブルパンチだな」

ミーアと呼ばれた子が倒れたので、錬金術師であるオレが診ることに。

患者に必要な薬を錬成するには、患者の症状をしっかりと把握しなければならない。間違った薬を処方する訳にはいかないからだ。

「大丈夫なの？」

「取りあえず、休ませるしかないな。起きてくれなきゃ薬も飲ませられない」

「そう、ありがとう。ライトロードさん」

「ライトでいいよ、長いし」

　偽名だし。

「でも、こんなになるまで頑張ってたなんて」

「さっきポーションを飲んで分かったが」

「うん？」

「苦すぎる。生成過程で何か間違ってるんじゃないかな、それを誤魔化すために錬成時に余計に魔力を注ぎこんでるんだろう。だから大量に薬草を消費しなければならないし時間もかかる」

「そうなのか？」

「ああ、使ってる薬草はホジョル草だろ？　薬草の使用量が多いせいか、普通のよりも苦い」

「そうだったのか……回復量に不満は出てないから気にも留めなかったな」

「回復量がしっかりしてるのは、その分薬草を大量に消費してるからだろうな。一度に多く使って無理矢理圧縮すれば誤魔化しが効く」

「う、うう」

「ミーアちゃん！」

「ここは……」

「あなた、倒れたのよ？　ダメじゃない、無茶をしちゃ」

「ごめんなさい」

「いや、無理をさせてたのは俺達大人だな。ポーションが足りないってのを見せてたから」

「そう、ですね」

「とりあえずだ」

反省会は後にしてほしい。

「これを舐《な》めて。噛まないで、口の中で舐めるだけ」

オレは青い飴を取り出した。

「これは？」

「甘いお菓子だよ。疲れているときには甘い物が一番だ」

「そんな、おかしだなんてたかきゅむぐ」

問答無用で口に押し込んでみた。

「～～～！」

目を見開いている。

魔力も微量回復するブドウ味のマナドロップだ。マナポーションと違い急速に魔力を回復する物ではない。

小さなこの体では急速な魔力の回復は体に毒だ。ゆっくり回復させる方がいい。

「おいひいでふ」

「そりゃよかった。気分も楽になったでしょ」

「はい！」

可愛い笑顔で返事なんかするもんだから頭を撫《な》でたくなる。

撫でよう。

「あう」

「さて、小さな錬金術師さん」

「はい？」

「このままじゃ、あのポーションで死人が出るから作るのやめよっか」

「ぇ……」

「ちょ！」

「おいっ！」

あのポーションは、ダメだ。

「ホジョル草は普通にサラダにしたり、香辛料にできるのは知ってる？」

「はい、お父さんに教えてもらいました」

「その時に、何か注意された？」

「えっと、食べて舌がピリピリする人は食べちゃダメって」

「それはアレルギーっていう病気なんだ。体にブツブツができたり、熱が出たりするんだ」

「病気……」

「元気な人でも、それを食べたりしたら体調を突然崩すんだ。今まではたまたま大丈夫だったけど、もしそういう人が戦闘中にそんなポーションを飲んだら……」

「っ！」

「怖い魔物の前で突然体調が崩れたら、場合によっては殺される」

「おいっ！」

「たぶんこの街では、昔はポーションは腕のいい錬金術師しか作ってなかったんじゃないかな」

「それは、そうだが」

「抽出が甘いとそういう症状が出るんだ。だからしっかりと抽出ができる人間以外作ってこなかった、と推測ができる」

「そんな……」

ミーアちゃんの瞳に涙が浮かぶ。

「でも、あたしお父さんがやってた通りに」

「お父さんの道具を使って？」

「もちろんです！」

「それが原因だなぁ」

「なんでですか！　お父さんは！　お父さんだったら！」

「お父さんじゃなくて、ミーアちゃんが悪い」

「てめぇ！」

「これは錬金術師同士の会話だ。素人は口を挟まないでくれ」

オレの錬金術師という言葉にミーアちゃんが反応を示す。

「でも、お父さんが作っていたのと同じ色で……かいふくも……」

「それができちゃうのがすごいことだけど、だから問題なんだよなぁ」

並の子供の技術と魔力じゃない。ポーションといっても製作するにはそれなりの労力がかかる。

「回復できればポーションだと思った？　でも人によっては毒だ。毒を作り薬と称して売る錬金術師なんか、暗殺者よりタチが悪い」

「うう、うううううう」

「ミーアちゃんは、できると思ってやったんだよね？　でもミーアちゃんは子供なんだから、大人に聞かないとダメだよ？　悪いことをしたらお父さんが叱ってくれたでしょ？」

「はいぃぃ」

「今は叱ってくれる人がいないんだから、分からないことは聞かないと。お父さんと同じことしても、お父さんと同じポーションにならなかったから薬草を一杯使ってお父さんと同じ色のポーションになるように工夫したんだよね」

「です……ぐすっ」

オレはカテジナさんに視線を向ける、カテジナさんは目を見開いた後、頷いてミーアを後ろから抱きしめた。

「でもそれが正しいとは限らない。だから、自分の工夫が合ってるか大人に聞かないと」

コクコク、とカテジナさんの胸の中でミーアが顔を上下させた。

「わがりまじだ」

「とりあえず、今日はゆっくり休むこと。ポーションは作らないように」

「あい」

言うことも言ったし、オレは帰ることにする。

これ以上は、この子の保護者達の仕事だからだ。

◇◇◇

ミーアちゃんの診断をしたあと、一人で扉から出たら冒険者や職員に囲まれた。

スーパー怖かった。

みんなミーアちゃんのことを心配してたようだ。

いい人が多すぎる。

とりあえず、診断の結果休めば問題ない旨を伝えた。

病気じゃないと聞いたら安心して腰を抜かす輩《やから》もいたくらいだ。

お礼に奢《おご》るとか言われたけど、休ませたのはカテジナさんとおっさんの二人だ。はたから見ればオレは飴をあげただけだから実質何もやってない。

執事さんに手配してもらった宿に帰って、ゆっくり休んだ。

んで翌日。

「おねがいします！　おししょーさま！」

「頼むよ、ライト」

「お願い、ライトさん」

「「「　お願いします！　」」」

ああ、うん。大人に聞けって言ったのはオレだもんね。

教えます、教えますから。

とりあえず朝食を一人で食べさせて。

三人ならまだしも、後ろの冒険者達いらないだろ。

他のお客さんにも迷惑だよ。

◇◇◇

「ここがお父さんの工房です」

「おー、錬成具が多い」

オレみたいな雑多な【マスタービルダー】ではなく、ミーアちゃんのお父さんは普通の錬金術師だったみたいだ。

錬成窯に粉砕機、遠心分離機に薬湯瓶。便利な道具が揃っている。

「親父さんは薬専門かな？」

彫金具がないからアクセサリーの作成なんかはしてないかったようである。

「ですです！　それで、何から教えてくれるですか⁉　ポーションをちゃんと作りたいです！」

「そうだなぁ。納品数が上がれば、当面の生活費に余裕もできるだろうしな」

「おっさん、いつまでいるんだ？」

カテジナさんは帰ったのに。

「ばーか、これも冒険者ギルドの仕事の一環だ。お前さんがいたいけな幼女をたぶらかさないかを確認しねーとだからな」

「ロリコンはお前らんとこの冒険者だろ……」

連中は紳士すぎる。

「がははは！　まああいつらはいろんな意味でこええがなぁ！　悪党じゃねえから平気だ」

「まあいいが、まずは掃除だな。おっさん手伝えよ」

「ですか？」

「工房は結構綺麗に使ってるみたいだけど、その前に保管庫だな」

「ほかんこ……お父さんに一人で入っちゃダメって言われてるです」

「まあそれが普通だな。だが親父さんが亡くなって一カ月、保管庫の中身によっては変質してる物があるかも知れない。中には毒を放つものもあるからな」

「どくっ」

「そりゃあ、穏やかじゃねえな！」

工房の横には保管倉庫に通じるドアがあるが、鍵がかかっている。

魔術的な鍵ではなく、普通の鍵だ。

「保管場所の鍵が魔法の処理がされてないってことは、ここの先も普通の倉庫だろ。じゃあダメになってる物もありそう。入るなって言われているなら危ない素材もあるかもしれないな」

オレは道具を色々入れている手提げからマスクを三つほど取り出す。

そこに手作りの防毒薬のスプレーボトルでマスクと自分の体に振りかけた。

「防毒薬を噴霧する道具だ、これで全身を守るぞ。扉を開けたらガスが充満してる可能性もある」

「お、おお。準備がいいな」

「それも魔道具ですか？」

「これは工夫して作った道具。魔法の道具って訳じゃない」

まあ作成過程で錬金術は多用するけど。

「おっさんは専門知識ないだろ？　この工房の窓とかドアを全開にしておいてくれ。ミーアちゃんと一緒に倉庫の片づけはするから、換気と工房の掃除頼むな。あ、水も汲んでおいて」

「へいへい、人使いの荒いこって」

錬金術師の家だけあって裏に井戸もある。水も簡単に手に入るのは素晴らしい。

「鍵はある？」

「たぶんこれだと思います」

「了解」

鍵を借りて扉を開ける。

薄暗い倉庫の中には、いくつもの素材が雑多に仕舞われていた。

やはり植物系の素材や魔物由来の素材のいくつかが変色していた。

「ああ、密封ケースがあるんだ。流石に危ない素材の処理はしっかりしてるな」

「お父さん、Ｂランクの錬金術師でしたから！」

「なるほど、でも危ない素材は処分するかな」

「そう、ですか」

残念そうな顔をするミーアちゃんに悪いが、これらの素材を使用するにはミーアちゃんは幼すぎる。ミーアちゃん自身も危ないし、周辺にも被害が及ぶ可能性があるのだ。

「かといって全部処分するのも面倒だし勿体ないかな。この中で使い方の分かる物はある？」

「えっと、これは毒消しを作るのにお父さんが使ってました。こっちはマナポーション、こっちはしょーしゅー剤……で、合ってますですか？」

「正解、でもこの素材は魔力が逃げちゃってるからマナポーションにはできないね。だから処分する。それにこの消臭玉の素材は横の素材の臭いが移っちゃってるから効果の弱い消臭玉にしかならない。これも処分するよ」

「は、はい」

「こういう天然の素材はすぐにアイテムに作り替えないとダメになっちゃうから、何か作るにしても作成する直前に用意しないとダメなんだ」

「はい」

「親父さんもすぐに作るつもりだったんだろう。倉庫の手前に置いてあるのがその証拠だよ。こういうのをきちんと管理できてたんだ」

父親の物を処分することに、沈んだ表情をしていたミーアちゃんの頭を撫でる。

「親父さんはいい腕をしてたんだね」

「は、はい！　街一番の錬金術師でした！」

「うん。きっと親父さんもダメになった素材は使わなかっただろう。その辺はしっかりしてたんじゃない？」

「はい、冒険者の人達によく依頼を出してました」

「薬は冒険者だけじゃなく、人間すべての生命線だもんな。いい物を用意してあげたかったんだろう」

冒険者向けの薬だけじゃない、むしろ解熱剤や発疹を抑える薬になる素材、腹下しなんかの素材の数の方が圧倒的に多い。

「これは……冒険者用の薬よりそっちを先に用意するべきか」

家庭向けの医薬品、ミーアちゃんの親父さん以外が作ってなかったらやばい。

スーパーやばい。

「こっちは肉体の強化薬系統の素材、こっちは……」

避妊薬だな。ミーアちゃんには聞かせられない。

他にも色々と薬になりそうな素材がやはり多い。

防具の強化に使える素材もそこそこあるけど、大事なものがない。

「親父さんはどこかの鍛冶師《かじし》と共同で仕事をしてたりした？」

「えっと、お仕事のことはわからないですが、ドワーフのドリーさんと仲が良かったです」

「なるほど」

今度挨拶に行こう。

「さて、こっちは……」

ポケットから手袋を取り出してはめてから素材を触る。

「それは、いたそうです」

オレがわざわざ手袋を付けたのを見て、顔は出しても手は出さないミーアちゃん。

賢い子だ。

トゲトゲしい亀の甲羅である。

「これはオレも見たことないな、この辺にしか住んでない魔物の素材か？」

魔物由来の素材はその地域性が出る。オレもアリドニア方面に今まで来たことなかったから知らない魔物も多い。

昨日資料を見たが、あれで全部じゃないだろうし、ダンジョンの資料はまだ見ていない。

「まああの資料も、今後変更がかかるかもしれないがな」

生態系が変化してるとかなんとか。

本当に厳重に保管している物や、オレ自身の判断が付かない物は手提げに仕舞う。それと危険な物や簡単に処分できない物も。

ミーアちゃんでも加工ができる物は避けて再び倉庫の棚や箱に仕舞う。

そしてミーアちゃんに手に負えなくても危険のない物は別の箱に入れる。今のところ使う予定はないが、安い物ではないからだ。死蔵しておいてもしょうがないので、街の錬金術師に売るか、オレが工房を持ってある程度稼いだら買い取ることにしよう。

その辺をしっかり説明して納得してもらう。

掃除中のおっさんにも一緒に確認をしてもらって了承してくれた。後で街にいるというもう一人の錬金術師を紹介してもらおう。

◇◇◇

「さて、おっさんの雑な掃除も終わったし」

「雑ってなんだおい」

「幸い危険な素材もしっかり処理されていたし、一カ月程度だったから腐敗の酷い物も少なかった。変なガスとか発生して大事とかにもならないで済んだしな」

王城でジジイと悪ふざけをした時には大騒ぎになった。

危なかったしスーパー怒られた。ああいうのはもう二度とこりごりだ。

「とりあえずご飯にしようか」

宿で作ってもらったソーセージサンドとお手製のジュースをテーブルに並べる。

もちろん工房ではなくミーアちゃんの家のリビングだ。

ここは工房件住居だからそういう場所もあるのである。

「おお、気が利くな」

「お、お茶くらいなら用意できるです」

「まあまあ、今日はオレの奢りだから。今日くらいしか付き合えないんだからね」

「え？」

「おいおい、お前ミーアの師匠だろ？」

「や、オレ引っ越しもまだだし？　そもそも師匠やんねえし」

「ここに住みゃあいいじゃねえか」

「お、お部屋を用意しますです！」

「オレはオレで工房を持たないと、親父さんの道具はミーアちゃんが使うんだし。それに……申し訳ないが、ここの設備じゃ作れない物も多い」

製薬関係の道具は揃っているがそれ以外は足りていない。

「そうか」

「まあ引っ越すのは確定してるし、そのうちダンジョンなんかにも顔を出すつもりだしね」

「冒険者もやるのか？　お前さん、戦えるようには見えないが」

「錬金術師が直接赴かないと手に入らない素材もあるんだ。安全には気を使うから」

「だ、ダメです！　あぶないです！」

ミーアちゃんが立ち上がって抗議をする。

「あー、ごめん。そうだよな。大丈夫、一人じゃいかないから」

「それでも、お父さんはそう言って……」

涙を目に浮かべる女の子は卑怯《ひきょう》だと思います。

「おい」

「いやあ、こればっかりはなぁ。まあ今の段階でって訳じゃないから。それにこの街にも腕利きの冒険者いるんだろ？　そいつらを雇って取って来てもらうさ」

「今はいねえけどな」

大規模討伐に駆り出されてるんだっけか。

「やっぱり危ないです……」

「だとよ、上手く説得するんだな」

ぶっちゃけ面倒だ。

「うー……」

「まあ、食うか」

「そだな。いただきます」

「いっちゃだめです……おいしいです」

「そりゃ何よりで」

しばらく食事に専念。

ミーアちゃんとおっさんがジュースを気に入ったらしく美味《おい》しいを連呼していた。

日本の食事になれたクラスメート達の舌を満足させたジュースだ。美味しいに決まっている。

「午後だが」

「はいです?」

「おっさんは裏庭の草むしりを頼む」

「マジか……」

不満気な声を出すが、大事なんだよ。

「裏庭、薬草畑になってた。ミーアちゃん一人で維持はできない。放っておくと魔素溜まりになる可能性がある。街中じゃ滅多にそんなことにならないが念のためだ」

「そ、そうなのか」

「ああ、あの規模なら生まれても小物だろうけど街中で魔物が生まれること自体問題だろ？」

「そりゃあ、そうだな」

「オレはこの辺の固有の植物は知らないからな、雑草かどうかも区別がつかないんだ。それなら徹底的に空っぽにしたほうがいい」

まあ魔力の有無で判別できるけど。草むしりなんて面倒だから任せちゃおう。

「雑草も含めてまとめて掘り返して、街から離れた場所に埋めてくれればいいから。おっさんなら冒険者連中に指示できるだろ？　何よりやるなら早い方がいい」

「そりゃあなぁ」

なんと言っても元ギルドマスターだ。

「オレとミーアちゃんは午後からは錬金術の基礎を。というかポーションを作るための前段階の準備。時間が余るようなら実践もしてみる」

「はいです！」

気合の入った顔で元気に返事をするミーアちゃん。

「昨日はゆっくり休んだよね」

「はいです！　たぶん魔力もまんたんです！」

「そりゃ何より」

魔力の回復する飴をあげたからね。

◇◇◇

おっさんの寂しい背中を見送りつつ、工房に再び。

今度は窓もドアもしめた。幸い窓にはガラスがちゃんと張ってあるので明かりに困ることはない。

「さて、まず薬草を潰す道具」

「はいです」

「の、潰し棒」

「え？」

オレは棒の真ん中を指さす。

「これ、錬金具なんだよね」

「そうなんですか⁉」

「そうなんです」

見た目でいえばゴマすり棒だもんね。でも真ん中に小さな石がはまっている。

「まずこれを外します」

「はいです」

赤茶色かかった魔石だ。

「薬草をすり潰す段階で、魔力を込めながらすり潰すと調合の際に魔力の通りが良くなるから。

これで微量に魔力を流しながら潰すんだよ」

「ほえー」

「でも、これは親父さんの魔力に馴染《なじ》みすぎている。ミーアちゃんには使えないよ」

「あう……」

そこでオレは一つの石を取り出した。

「倉庫にあった。親父さんが用意してくれてたみたいだね」

「あ……」

ヤスリ掛けされて綺麗な球体の石。

小さな石を両手で受け取ったミーアちゃん。

「お父さん」

呟くミーアちゃんの目に涙が浮かぶ。

「よかったね。もっと魔力がきちんと成長したら渡すつもりだったんじゃないかな」

この世界では七、8歳くらいの子供も普通に働いている。だが、魔力の過度な使用は体に悪影響を及ぼす。親父さんはまだそれをこの子に教えるのは早いと思っていたのだろう。

「この石を……魔石をミーアちゃんの魔力で染め上げる。これができなければちゃんとしたポーションは作れないよ」

「が、がんばります！」

オレも手提げの中から同じくらいの魔石を取り出す。

失敗しても同じ石で再チャレンジできるけど、今後も使うからこれも渡すことに。

そもそも魔力欠乏症になれるほど魔力を放出した経験があるんだ、問題無くできるはずである。

「まずこっちで練習してみようか。石を握って、魔力を集中させてみて」

「は、はいです」

ちなみにこの魔石、ゴブリンソーサラーやスノウウルフといった魔法が扱える魔物の魔石である。冒険者によっては回収しないで捨てていくこともある程度の品でしかない。とってもリーズナブル。

「うー……」

もうできた！　あ。

ペキリ。

「あ、われちゃったです」

「ま、魔力を込めすぎたね」

スーパー危ねえ！　親父さんの形見をダメにするところだった！

冷静に言ったつもりだが、内心はドキドキだ。冷静に、冷静に。

「い、いくつか出しておこうか」

どもっちゃった。

魔石は手提げの中にスーパー入っている。工房を開設すればこの一〇〇倍はあるからいいけど。

「や、やってみます。ゆっくり、ゆっくり」

その後も二、三個失敗したが無事完了。

「じゃあ今の感じを忘れないうちに、親父さんからもらった石に入れてみよう」

「はい！」

父の残したものを使えるのが嬉しいみたいだな。

「できました！」

「じゃあこの潰し棒に嵌《は》めて」

「はい、できました！」

「うん。上々だね。じゃあ次はこっち」

工房の真ん中の机に置いてあった小さな窯、錬金窯である。

魔女の巨釜みたいな形の大きな窯も存在するが、ここの親父さんはそういった物は用意してなかったらしく、料理に使うようなサイズの窯しかない。

まああれ、高いし？　使う魔石も強い魔物の魔石を使うからそっちも高いし。

「これにも魔石が付いてる。この窯と混ぜ棒で二つ使ってるみたいだからこれも交換しよう」

「はい！」

この魔石も親父さんが用意してくれていた。念のため同じくらいのサイズの魔石を用意する。

窯用の石は手のひらサイズとそこそこ大きい。

「練習してみて、自信が持てるようになったらやってみよう」

「はいです」

流石に二つ、更に練習のために何個も魔石を染めるとなると……すぐできたな。

この子すごくね？

クラスメートの魔法職連中も、オレも含めて魔力のコントロールができるようになるまで一カ月くらいかかってたような気がしたんだが。

「ポーション作るより簡単ですね！」

ああ、そうね。

ポーションを作るより難しいと思うんだけどね！

「次に、そっちの水瓶」

「水瓶です？」

「うん、あれも錬金具」

「そうなんです⁉」

「親父さんはいつも、夜にこの水瓶に水を入れてたでしょ」

「はいです」

「オレもそうしている。水が悪くなる前に使い切り、かつ自分の魔力を馴染ませるようにあらかじめ錬金具の水瓶に入れておくんだ。ほら、ここに魔石」

「ホントです」

水瓶は何種類かあった。これは水の属性を変える時に別の水瓶を使う必要があるからだ。

あまり使っていなかったのか、火と風の属性の水瓶の魔力は完全に消えている。

今も水が残っている一番手前の水瓶がポーションを作成したりするのに使うための物だ。

「今のところ使う予定のない水瓶は倉庫に仕舞っちゃうね。埃《ほこり》溜まるし」

蓋はしてあるから問題ないと思うけど、念のため水瓶に余っていた布を乗せて置く。

石も外して。

「こっちの魔石は用意してなかったみたいだから、さっき練習で染めたのを入れちゃおう」

「はいです」

「親父さんの魔力の残滓《ざんし》が残ってるから、中の水を捨てて拭いてから入れるね」

水瓶の水を捨てて、中を拭きとる。この程度やるだけでも親父さんの魔力の影響はほとんどなくなるから問題ない。

「これで苦くない、薬草もそんなに使わないポーションが作れるよ」

「はい！」

嬉しそうに何度も頷くミーアちゃん。

目が輝いている。

「やってみる？」

「はい！」

今日一の返事だ。本当に嬉しいみたいだ。

◇◇◇

「えーっと、おっさんおっさん」

「ああ？」

雑草むしりなんて長時間やらせていたからか、返事が荒い。

「水もうちょい汲んできて、ミーアちゃんにポーション作ってもらうから」

「おお？　準備できたのか！」

「おう」

「見に行ってもいいか？」

「ダメ」

コケた。お笑い芸人みたいだ。

「おっさん、土仕事してたから汚えじゃん。そんな人、工房には上げられないよ」

「てめぇ」

「はいはい、いいから水くれ水」

「ったく。ギルドマスターをアゴで使いやがって」

「元だろ」

「けっ」

言いながらも井戸に木製のバケツを落として水を汲んでくれる。

「まあまあ、大事な仕事任せてるんだから」

「わかってるよ。はあ、こんなことならガキにでも任せるんだった」

「もう半分以上終わってるじゃん、頑張って」

「わーってるよ」

おっさんから扉ごしにバケツを受け取り、中に戻る。

ミーアちゃんの魔石が入った水瓶にバケツの水を移して、バケツを外に戻す。

「まだ魔力が馴染んでないから、さっきの練習に使った魔石を中に沈めるよ」

「はい！」

「前日に準備ができなかったり、急ぎで使いたい時には魔石を沈めると水に馴染んでくれる。まあそれでも多少時間をおかないといけないけどね」

「はい！」

ミーアちゃんが魔石をぼちゃぼちゃと水瓶に入れる。

「終わったらこの魔石は引き上げてね。入れたままでもいいけど、ポーションを作るのにそんなに魔石を使うものじゃないから」

「はい！」

続いて薬草のすり潰し作業だ。

使う薬草は昨日ギルドから持って来たホジュル草だ。気候的には春の陽気、夏場でなければ四、五日くらいならダメになったりしないから問題ない。

おっさんに水をもう一度汲んで来させて、細かい土を洗おう……と思ったけどかなり綺麗に洗われていた。

冒険者達がやってくれてたのか？　愛されてるなぁ。

まあやる前にもう一度洗うけど。

「見分けはつく？」

「はい、だいじょうぶです」

「じゃあ並べよう」

ギルドで買取をしている以上違うものが混ざっていることは滅多にないが、たまに雑草がくっついている物もある。

　それに明らかに鮮度の悪い物も除外だ。

「苦みを抑えるために、一番太い根の先っぽを切る」

「そうなんです？」

「ああ、ホジョル草の中で、唯一毒の成分の溜まる場所がここだ。たぶん親父さん、これを切る作業をミーアちゃんに見せてなかったんじゃないかな」

　避妊薬の素材でもある。これだけでどうこうなる訳ではないが、ミーアちゃんが知らないということは、父親からすれば娘に近づけたい物ではなかったのだろう。

「次に量を計る」

　きちんと量りもあるからお皿に乗せてもらって重さを計る。

「この量りでこの石と同じ重さになるように重さを合わせる。五個分からだな」

　ここの親父さんが用意していた物だ。いくつか石が置いてあって、ご丁寧にポーション五とかポーション一〇とか書いてあった。

　毎回計らなくてもいいように工夫していたようである。

「……あたし、一〇の石を五回つかってお父さんと同じ色のポーションでした」

　試行錯誤を何度もしたのだろう。すごいことだが。

「頑張ったんだね。でも今日からは、親父さんと同じやり方でやろう」

「はい、お父さんと一緒。へへへ」

「くうっ」

やべ、泣ける。不意打ちは良くない。

「これくらいです」

父親使っていた量も覚えていたらしい。

見た目はホウレンソウ三束くらい。

「すりつぶし、大丈夫だよね？」

「はい、ゴリゴリします」

潰し棒を持って気合を入れる幼女がいた。

ゴマすりの要領でゴリゴリ削ってもらう。

「魔力をこめながらやるんです？」

「魔石が補助してくれるから、魔石に手が当たるようにしながら潰せばいいよ。意図して魔力を流す必要はないね」

「はい」

椅子の上に立って小さな手で薬草をすり潰してもらう。多少時間がかかりそうだ。

待ってる間、オレが暇だけど手伝うとオレの魔力が混ざってしまう。

そうすると難易度が上がっちゃうので、眺めていることにする。

「それくらいで大丈夫かな。そのあとは」

「長いくきを取るです！　お父さんのお手伝いでよくやりました！」

「その通り」

正解者は撫でてあげよう。

ちゃんとピンセットを使って分けているのも素晴らしい。

これを抜かないと、完成したポーションの舌触りが悪いのだ。効果には関係ないけど。

流石に取り除いた茎や食物繊維はもう使えない。

【ビーストマスター】のクラスメートのペットの餌《えさ》にしてたりもしたけど、基本的には捨てる。

そんなこと考えていたけど、かなり丁寧に仕事をしてくれた。

「このくらいでいいです？」

緑の臭いの強い塊が完成だ。

「そうだね。じゃあ錬金窯に入れようか」

「はい！」

「さて、溶解粉は……っと」

「のこり少ないから使ってなかったです。お父さんもあんまり使ってなかったですし」

「そう？　じゃあ一生懸命混ぜるか」

溶解粉は水にホジュル草を溶かす速度を上げるための補助アイテムだ。

これも錬金術で作成する。

一度に大量に作っておくことが多い。

「さて、それじゃあ錬金窯にホジョル草を入れて」

「はいです」

「このコップ、二〇杯分だね」

ポーション一〇、二〇杯ってコップに書いてあった。

ミーアちゃんが何往復もして水瓶の水を入れた。

「普段はこれで魔力を込めてかき混ぜてた？」

「はいです」

「お父さんと同じなら、このまま混ぜるけど。オレはここで一工夫してあるものを入れるんだ。どっちでやる？」

「あ、えっと」

「別に効果は変わんないけどね。飲みやすくなるだけで」

いわゆる苦みを軽減するための工夫である。

「ちなみに、何を入れるです？」

「まあ大したものじゃないけど」

そういって鞄から水筒を一つ取り出した。

「芋《いも》の皮の煮汁と塩」

「おいも、ですか？」

「うん。スープとかで使う芋の皮をむいて煮ただけの煮汁」

「ほああ」

色々試したけどこれが一番安上がりで苦みが消えるのである。旅してる時なんかは特に余るし。

ポーションの味がきついとクラスメートの連中に文句を言われてたどり着いた。

まあ結果として、連中はポーションをスポドリ感覚で飲むようになったが。

「どうする？」

「た、ためしてみたいです！」

「了解。茹《ゆ》でると甘味がでるお芋なら何でもいいよ？　でも皮は薄いタイプのお芋を使うこと。そっちの作り方は後で教えるね。量はこのコップの半分くらいの量。塩はこの量だと……これスプーンで五杯分くらいかな」

「このくらいでいいです？」

「そうそう」

海は近いから塩も高くないので気軽に教えられる。

「それじゃあ、今度は混ぜ棒の石の所に魔力を流しながら混ぜてみよう。流す量が多ければその分早く終わるけど……まあ今までの半分の半分の半分くらいの量でいいと思う」

この子、魔力多そうだからね。

「やってみます！」

早速混ぜてもらう。錬金窯の中で素材が混ざり合うと、中のホジュル草が早々に形を崩し始めた。

「もうちょっと魔力抑えめでもいいか」

「このくらいで……わわ！　もう溶けはじめた！」

「そうだね」

椅子に立って頑張ってかき回すミーアちゃん。

徐々にホジュル草と水が混ざり合い、緑色の液体に生まれ変わっていく。

「水の量を増やそうか。ちょっと、いや、かなり馴染む力が強い」

オレは中の状態を見ながら、水を追加で五杯ほど足した。

先ほどまでのドロドロ感がなくなり、完全に液体と化している。

錬金道具が置いてある場所からお玉を取り出して掬《すく》い上げて落とす。

「いい色だね」

「お父さんのと変わらない！　こんなにかんたんに！　しかも全部とけてるです！」

多分今までは溶け切らなくてダマが残ってたんじゃないかな。だから追加でホジョル草を入れなきゃいけなかったんだと思う。大量消費の理由はそれのはずだ。

「家族でも魔力の波長は違うらしいから、これまではそれが邪魔になっちゃってたんだ。それが原因で余計に魔力が必要だったんだね。たぶんミーアちゃんは水の属性が強いんだと思う。親父さんとは別の属性なのかな？」

「お父さん、火が一番得意って言ってましたです」

魔石の中に封じられていた魔力が火で、ミーアちゃんが水。属性の異なる魔力同士が反発しあったせいでホジョル草に上手く魔力が馴染まなかったのだ。

回復作用が上手く溶け出なかったので最初は薄いポーションしかできなかったのではないだろうかと推測される。

「それで水の量に違いが出たんだな」

「そうなんです？」

「ああ」

ポーションは水と土の属性が強い人間が作る方が楽に作れる。

まあ難易度はそもそも高くないので、知識と一定以上の魔力があれば結構誰でも作れるのだ。

旅先で道具屋のおばちゃんが世間話しながら作っている光景にも出会ったことがあるくらいである。

「回復要素の抽出も上手くできてるように見えるね。味はどうかな」

お玉を使って小皿に移して味見。

「うん。飲みやすい」

見事なスポドリっぷりである。

「あ、えっと」

「試してみる？」

小皿に開けてミーアちゃんに渡してあげる。

「……いきます！」

決死の覚悟でその小皿のポーションを飲んだミーアちゃん。

まあ子供は苦い物が苦手だもんね。

「にがくないです！」

「そうだね。それをポーション瓶に移したら完成だよ」

ミーアちゃんも瓶の回収をギルドと契約していたようで、昨日回収した薬草と一緒に置いてある。こっちも綺麗に洗ってあるのが面白い。

しかもコルクまでちゃんと回収されている。数もずれていない。

戦闘中に捨てることもあるのに。

冒険者達の努力と意地の片りんを感じるね。

「できました！　十二本入りました！」

「よくできました。それじゃあお外で汗をかいているおっさんにも飲んでもらおうか。味見の意味で」

「はい！」

おっさんに味見をさせたところ、驚いていた。

すっごく驚いていた。

やったぜ。

褒めながらもミーアちゃんに抱き着こうとしたので、汗臭いし土臭いからやめてやれと言ったらオレが抱き着かれた。

スーパー臭ぇ！

ミーアちゃんはまだまだ魔力があるからもっと作りたいと言っていたので、無理しない程度にと伝えてといったら。

「薬草が勿体ないので全部やるです！」

「やめなさい、また倒れるから」

ぶっちゃけ、今までの一〇分の一程度の量で作れるようになったのだ。流石にその量のポーションを作ったら今度は体力不足が原因で倒れる。

薬草を残しておくと頑張りそうなので、あと五回分くらいの量を残して薬草は没収。

や、ちゃんと正規の値段で買い取ったよ？　おっさんに確認も取って。

ついでにおっさんにも薬草の販売量の制限を設けさせた。

ミーアちゃんの魔力量は多いようだからかなりの量が作れるだろうが、あれだけの薬草をすり潰してかき混ぜてを毎日していたら彼女の腕が丸太のようになってしまう。

そもそも子供が魔力を枯渇させてまでやるような仕事ではない。

子供なんだから、ポーションを作る時間を減らして友達と遊ぶ時間が増えればいいんじゃないかなと思った。

魔力も全快の状態で調合を開始するようにしっかり伝え、調合は毎日行わず、一日置きで実施するように言った。

それでも十分採算が取れ、生活していける収入になるので問題ない。

毎日ギリギリまで働くなんて、大人になってからでいい。

オレは大人になってもそんなことするつもりないし？

生活の心配をしていたが、絶対に問題はない。錬金術師はポーションさえ作れていれば競合がいなければ生活できるからだ。

冒険者ギルド（お得意様）がいるから競合の心配はない。

でも最後に、ちょっとだけ嫌な役をする。

「これで、ここは親父さんの工房じゃなくミーアちゃんの工房になった訳だ」

「あ……」

親父さんの錬金具の魔力を上書きしてしまったんだ。まだ使うことのない錬金具は極力倉庫に仕舞ったので、最初よりかなり広く感じる。

「そして、これは外さないといけない」

オレが手を伸ばしたのは、親父さんの錬金術師ギルドの会員証だ。

「ぇ……」

ミーアちゃんが息を呑む。

土や泥汚れを落としたおっさんが目を背けた。こいつ、知ってたな。

「これは、この工房がミーアちゃんの親父さんの工房だと示すものだ。【Bランクの錬金術師ジェイク】の工房だって証明するためにここに飾っている」

パスカードに入っているその会員証をオレは手に取った。ミーアちゃんの親父さんの名前、ジェイクっていうんだな。

「でも、もう親父さんはいない」

「う……」

「ミーアちゃん、これはもうここにはおいてはおけないんだ。おいちゃダメな物なんだ」

「うあ……」

ミーアちゃんの目に涙が浮かび、こぼれる。

「これはミーアちゃんの宝物にすればいい。でも、これを掲げて工房を続けるのであれば、オレは錬金術師ギルドに報告しなければならないんだ」

この街には錬金術師ギルドはないし、出入りする気もないから報告はしないけど。今後誰かがここに訪れた時に指摘されるかもしれない。

錬金術師は薬を扱う大事な仕事だ。その薬は人の命を左右する局面も来る。

いない人間の会員証を出して売買をするのは犯罪行為にあたる。

ギルドやら錬金術師の学校で勉強した訳じゃないが、師匠に師事した時にキツく言われた。

錬金術師が、できないことをできるというのは罪だと。

だから信用を得るためにこうやって身分を提示するんだと。

こんなことを言うオレが身分詐称者だが。

これが原因でミーアちゃんが捕まりでもしたら大問題である。

「なくさずに、大事に仕舞っておくんだよ？」

「ひぐっ！　ひぐっ！」

我慢できず、涙がいくつもこぼれ落ちる。ミーアちゃんは親父さんの会員証を受け取ると同時に、大声で泣いた。

オレはかがんで、ミーアちゃんの後頭部に手をあてて抱き寄せる。

彼女が泣き続ける以上、オレは彼女の頭を撫でてあげることしかできなかった。

泣いている時、思いのほか強い力で掴まれたのが印象的だった。

◇◇◇

泣き収まって落ち着いた後、お礼を言われて夕飯でもと誘われたが、それは辞退。

恥ずかしそうにしつつも、心細そうで寂しそうにしていたのが心残りだ、あとでカテジナさんにお願いしよう。

ソーセージサンドの残りとジュースを渡して、親父さんの……ミーアちゃんの工房を出る。

「あんたら！　ミーアちゃんを泣かせたでしょ！」

「どういうつもりだい！」

「事と次第によっちゃ容赦しねぇぞ！」

また囲まれた。

『元』ギルドマスターのおっさんが必死に説得。おっさんがいて良かった。

「ったく、他人のためになんでここまでしなきゃなんねえんだよ」

「いいじゃねえか。暇だったんだろ？」

「……今日だけだかんな」

おっさんと二人になったので、悪態をつきながら移動をする。

目的地は例の若い錬金術師さんの店舗兼工房だ。

親父さんの残した素材を若い錬金術師の所に売りに来たのである。

道がわからないのでおっさん同伴だ。

萌えない。

「とか言いながら色々やってくれるじゃねえの」

「言ったろ、今日だけだって。まだ今日は終わってねえんだ、しょうがねえだろ」

「がははは！　確かにな！　酒を飲むまで一日は終わんねえ！」

「いてえよ！」

背中を叩くな！

「っと、ここだな」

「じゃあ売って来るよ。普通の錬金術師ならちゃんとした値段で買い取ってくれるだろ」

「俺もついていくが？」

「おっさんがいたら普通の錬金術師かどうかわかんねえじゃんか。元とはいえギルドマスターなんだ。有名なんだろ？」

「あー、まあそうか」

太い腕を持ち上げて頭を掻くおっさん。

そういう仕草が恐喝に見える時もあるんだよ、権力者（おっさん）は。

幸い扉越しにおっさんが見えるってこともなさそうだから、オレはおっさんを一人待機させて店に入る。

「ちわ、少し見ていいか？」

「ああ、いらっしゃい」

扉を開けると、チリンチリンと音が鳴った。ただ音が出るだけではなく、工房にいても店舗に音が届くようになっている魔道具だ。

工房と店舗はちゃんと分けているようだ。

中に入ると、毒消しやハイポーションもちゃんと売っている。ポーションはない。

値段はギルドで買うよりは少し高いが、常識の範囲内だ。

「今日はどうした？　冒険者……学生っぽいな」

「今度こっちに引っ越すことになってね。薬とかの値段を見に来たんだ」

「ああ。多少冒険者が多いが、ここはいい街だぞ」

声をかけてきたのは、二〇代半ばの男性だ。工房ではなく、店舗側にいたらしい。

後ろには【Cランク錬金術師クリス】の会員証が見える。

こいつがクリスだろうか？　まあ視線を無視して、棚に置いてある値札を見る。

解熱剤や腹下しの薬、虫除けや魔物除けの値段が並んでいた。

「その辺は店に並べてるとダメになっちまうから仕舞っている。数が必要なら注文も受けているよ」

「へぇ……ちなみに買取はしてるか？　魔物素材とか」

「物によるかな。いくつかあるのか？」

「ああ、出していいか？」

「査定してやる」

オレは言われるがまま、親父さんの遺品をいくつかだす。

「おい」

「はい？」

「お前、同業者だろ」

「あ、わかる？」

「そりゃあなぁ、普通の冒険者じゃこの辺の単品で持ち込まないだろ。大体その大容量の魔法の袋、それ手作りだろ？　僕より腕が良さそうだね」

魔物素材ならまあ内臓だけとか皮だけとかで持ち込む冒険者はほとんどいない。獣系の魔物なら皮とセットで爪や牙や骨や魔石もセットで持ち込むものだ。

「引っ越しっつっても、工房を一から作るから金がいるんだよ。いくらで買い取ってくれる？」

「錬金術師はこの街に少ないから助かる。ちょっと負担が増えてたんだよ。でも近くに店を作んないでくれよな？」

「ジブラータル卿次第だな。まあ普通なら遠くに置くだろ」

「できれば冒険者ギルドの近くに出してくれよ。あっちは今錬金術師がいないんだ」

「言うだけは言ってみるよ。それで、査定は？」

話しながら手を動かしていたので聞いてみる。

「こっちの皮や鱗は鍛冶師の連中に持ってってくれ、使う予定はないから。こっちの骨はワイバーンの骨だろ？　粉にして薬に使うから五万ってとこだな。それとこの辺の毒草と花の胞子は、まとめて二万でどうだ？」

「いい目利きだな。この辺もいいか？」

オレは追加で更に品物を出す。

「結構あるな。あーポーションはダメだ。ここじゃ買わねえ、冒険者ギルドに持ってってくれ。火熊の眼球か、珍しい品だな。時間は経ってるみたいだが………この辺と、こっちも。合計で八〇ダランってとこだな」

「お、マジ？　頼むわ」

流石に全部は買い取ってくれなかったが、オレの見立てより五万ダランも多い。

「意外そうな顔だな」

「いやあ。実は来る前にさ、気難しい人って聞いたから」

「冒険者から？」

「そうそう」

「単純な話、僕はバカな冒険者は嫌いなんだよ。常識のある冒険者連中には普通に接してるし、別に誰にでもって訳じゃないさ」

「あー、あいつらオレ達のことバカにするもんな」

錬金術師は弱い！　まともに素材回収もできないからオレ達に頼むんだ！　だからオレ達の方が偉い！　って思考の冒険者もいる。というか多い。

「体鍛《きた》えてる時間なんかねぇっつうの。大体オレ達の方が冒険者の魔法使いより魔法上手いのにな」

「あー！　分かる分かる！　バカスカ無計画に魔法を撃つ魔法使いとかいるもんな！」

「そうそう！　派手なだけでスカスカの魔力使う連中な！」

「あーいうのに馬鹿にされるの腹立つよ」

「素材を依頼して、状態の悪いの納品してきてドヤ顔で報酬要求する奴とかな」

「死ねばいいのにな」

「だよな！」

仲間がいた！

「あれ？　でもポーションの納品してくんねえって文句言ってた奴もいたけど。なんで？」

「あー、あれか……冒険者ギルドの近くに錬金術師がいたんだが、亡くなってな。その錬金術師の娘さんがポーション納品してるらしいんだ」

　ミーアちゃんのことだ。

「その子がポーション作ってるのに僕が作ってしまったらその子の売り上げ落ちちまう。二、三回僕のが使われたら彼女のが一つも売れなくなる」

「お、おう。いい奴だなお前」

「ジェイクさんには世話になったからな。大体ここは冒険者ギルドが遠いから運ぶのめんどくて元々納品してなかったんだ。取りに来るんだったらポーション以外の納品ならやってたと思うぞ」

「ええ？　じゃあ査定を断ったって話は？」

「この区域は神殿もないから、急患が出た時にここに僕がいないとまずいんだよ。だから片道一時間もかけて行って、更に時間のかかる査定なんかやってらんない」

　いい人だった！

　え？　何この街、いい人しかいない系な訳？

◇◇◇

「という訳で、マジいい人だった」

「まーじかー」

　気になっていた同じ街の錬金術師とも意気投合したし、話した感じいい人だったので問題なしと判断。

細かい話をするため、おっさんお勧めのメシ屋でミーティングである。

「おっさん、冒険者使ってあいつに声かけただけなんじゃない？　討伐隊が出てるって聞いてびっくりしてたぞ？」

おっさんの使いは『討伐隊にポーションを提供したため、数が足りないから冒険者ギルドに売ってくれ』ではなく、『ギルドにポーションよこせ』と高圧的な態度だったらしい。オレでも渡さねえわ。

「う、そうだったような……」

「冒険者も適当に、ギルドにポーションよこせとか言ってダメだったとか、そんな感じで帰ったんじゃねーの？」

「調査しよう。あの辺は確かに教会もなかったな、それじゃあ時間のかかる仕事も任せらんねえか」

「だなぁ。従業員もいないっぽかったし、あの年齢なら弟子もいなそう」

一人しか見なかったし。

「Cランクだって話だもんな。一応弟子は取れる立場だろうが」

「自分の研究が優先だろうな」

オレもそうだし。

「あ、美味いな」

「まあ多少値は張るがな」

「ごちそうさまでーす」

「おお、食え食え」

そう言いながらエールの入ったジョッキを持ち上げるおっさん。

ちなみにオレはワインだ。ジュースは売ってるけど高いし自作のが美味しい。

しかし水やお茶では味気ないのでお酒だ。

「てかオレさ、錬金術師ギルド（ジジイ）からの命令でここの領主の所に来た訳なんだけど」

「ああ、そんな話だったな。ありがたいことだ」

「なんでこの街、こんなに錬金術師少ないの？」

この規模の街で、かつダンジョンや海や森がそう遠くない立地だ、はっきり言って魅力的に見える。

「昔はこの街も、領全体で言ってもかなりの数の錬金術師がいたんだがなぁ」

「でた、お年寄りの昔はこうだった話」

こういうの、大体長くて内容薄くってしかも同じ話をループさせるんだぜ？

「まあ聞けって。元々は『ゲオルグ＝アリドニア』様の治めていた領だったのは知っているだろう？」

ジジイのフルネームを久しぶりに聞いた。

「王宮お抱えの筆頭錬金術師にして、国王陛下の御意見番だな。もちろん知っている」

お孫さんが超美人なのも知っている。

「先々代は領主としては……まあアレだったらしいが、錬金術師としての腕はご存知の通り超一流だった。そして彼の方のお弟子さんも多く領内で店舗を構えていたんだ」

「へぇ」

昔は多かったんだ。

「店舗を持ってる術師のレベルも高かった。なんといってもゲオルグ様のお弟子さんだ。最低でもBランク、中にはAランクの方もいたんだぞ」

串焼きをもしゃもしゃしながら話を聞く。程よい塩加減である。

「錬金術師の全体的なレベルも高かったのか」

「ああ、凄腕が多かった。お弟子さん方は師であり領主であるゲオルグ様のために、街の発展のために錬金術の技を振るったんだ。街は随分と活気づいたし、領内全体に人口も増えた。ゲオルグ様は領内の統治の大半を息子さんに任せていたがな」

「今じゃ見る影もねえな」

「全くだな。原因は俺達だ。お弟子さん方の献身に、俺達街の人間が甘え過ぎてたのに気づかなかったんだ」

おっさんも串焼きに手を伸ばす。

「この領内で錬金術師の店ってのは、ゲオルグ様のお弟子さんの店を指していた。外から錬金術師が来ても、客はみんなゲオルグ様のお弟子さんのところに行く。若い錬金術師が育たなかったんだよ」

「弟子の錬金術師達は弟子を取らなかったのか?」

いっぱいいいそうだけど。

「弟子を取った人もいたし、子供に技術を継承させた者も当然いた。でも、街の人間の目が肥えすぎていた。ゲオルグ様の直弟子の皆さん方とどうしても比較しちまってなぁ。素人がプロの作品に文句を言うんだ、そのプロは面白がるか？」

「そりゃあ、気に入らねえわな」

　オレの言葉におっさんが重く頷く。

「工房を開設させても客は来ないし、来た客はゲオルグ様のお弟子さんと比較する言葉を毎度のように口をする。俺ならブチ切れるだろうな」

「ははは、オレもだ」

「結果として若い錬金術師は育たないし、育っても街を出て行っちまう。そんで、この領の周りに散った錬金術師達はそんな目に合ったことを外で言い触らす訳だ。中にはお弟子さん方に匹敵する腕をもった錬金術師もいただろうにな」

「そんな悪評が広まっちゃ、わざわざ外から店を開こうとする錬金術師はなかなかいないわな」

「あのクリスってのは外から来た錬金術師だ。珍しいパターンだな。ミーアの父親のジェイクはお弟子さんの子供だ」

「あーなんとなく予想が付くけど、他のお弟子さん方は」

「寿命やら実験の失敗やら素材回収をしにいって帰って来なかったりだな」

「そっかぁ」

　ジジイの弟子だもんな。ジジイはなんか噂によると一〇〇年くらい前からジジイらしいし。

「そんで五年前から始まった魔王軍の侵攻でトドメを刺された訳だ」

「国に召集されたんだっけ」

「強制じゃなかったがな。錬金術師達にとって、ゲオルグ様のお言葉は絶対だ。特にこの領の錬金術師達にはな」

あのジジイ、影響力あるな。

オレは一口、ワインを呑んで喉を潤す。

「女神様の使徒様方がいなければ、もっと酷くなっていたかもしれんな」

あ、オレとクラスメート達のことっすね。

「実際、戦場によっては酷いあり様だったよ。前線の兵士とサポートの錬金術師？　そんなもんの区別がないことも多かった」

「うん？」

「オレも従軍してたからな、死ななかったのは仲間と運に恵まれた」

言いたくないが、きっと師にも。

「そうだったのか」

「阿呆みたいな量のポーションを作って兵士に配って、魔力欠乏症の手前までいったら自作のマナポーション飲《の》んで、また作って配って……配布しながら攻撃魔法が使える魔法使いとしても扱われるしな」

錬金術師は大まかに分けると魔法使いの一種だ。

錬金をするための魔力と繊細なコントロールする力を必要とされる。それらができるのであれば、当然普通の魔法もある程度は使える。

そして攻撃魔法が使えさえすれば立派な戦力だ。

クラスメート達が最前線にいる間に、オレ達バックアップ組の控えていた後方にも敵が何度も押し寄せて来た。

死ぬ思いをしたのも一度や二度ではきかない。

「凄惨《せいさん》な戦場だったと聞く」

「そう、だな」

魔王自体が討伐されても、戦争の影響で魔物の生息域が大きく動いた。

その影響は、前線からかなり離れているこの街にまで影響を及ぼしているんだ。

「魔物の生息域の変化もその一つだ。ダランベール王国と元魔王領の境は今でもドンパチしてっからな」

「それを恐れて一部の魔物は生息域を変え移動して、それらが連鎖的にこの領にまで影響を与えている……俺達ギルドで出した結論だが」

「間違いないと思うぜ？　流石に五年も戦争してりゃあ魔物も逃げ出すわな」

ここは戦場から離れてはいるが、この世界は人間以外の生物の領域が広く大きい。

無関係ではいられないのだろう。

「はあ、嫌になるぜ。使徒様達、この街も助けてくれねえかなぁ」

「他力本願は良くないぞ、おっさん」

街一つを救うなんてスーパーマンじゃないオレには荷が重い。

「さて、腹も膨れたし飲むもん飲んだし。今日は帰るかな」

「ああ？　早くねえか？　もっと付き合えよ」

「明日はジブラータル卿のとこの執事さんと会うんだよ。貴族と繋がりのある人との約束を反故にするのは色々問題がある」

執事さん自身が貴族の可能性だってあるんだし。

「これ、ミーアちゃんの親父さんの遺品を売って手に入れた金だ」

どちゃり、と机の上に皮袋を置く。

「お、おいおい。こんなところで出すなよ」

「酒飲んだから一日は終わった。いい人ってのは続かないんだよ」

酒を飲んだら一日が終わりだって言ったのはこのおっさんだ。

「あの子の保護者みたいなもんだろ？　額が額だからいきなりあの子に預けるのも問題かと思ってな。あんたに渡しておくよ」

「そりゃあ、確かにそうだが」

「売れ残りはオレの方で保管しとく。どっかのギルドから金を巻き上げたら買い上げることにするな」

現金は工房の中だ。今はあんまり持っていない。

「んじゃ、お休み」

無駄に長い一日になってしまった。早く宿で寝よう。

うう、自分の部屋でゆっくり眠りたい。

◇◇◇

「ここなどはいかがでしょうか？」

「ここじゃ狭いかなぁ」

「左様で御座いますか」

「工房だけなら入るけど店舗と自宅も兼任させますから、もうちょい広くしたいです」

「三階建てにすればよいのでは？」

「この広さなら本当は五階建てにしたいくらい。流石にジブラータル卿のお屋敷より高い建物を作る訳にはいかない、でしょう？」

「ご配慮、感謝致します」

貴族の屋敷より豪華な屋敷に住んじゃダメ。絶対。

「ふうむ、ここでもいけませんか」

「すみません。でも、これは妥協できない案件です」

だって工房のサイズは決まっているんだもの。

悩ましい表情の執事さんと次々と土地を見て歩き回る。

なんか見たことある道に出たな。

「おうライト！　近くに来てんなら顔を出せよ！」

「あ！　おししょー様！」

「わざわざおっさんの顔を見になんかいくかよ。それと師匠はやめなさい」

おっさんとミーアちゃんが現れた。

まあ冒険者ギルドの近くで土地を探しているから遭遇《そうぐう》しても不思議ではない。

ここら辺、ミーアちゃんち近いし。

「ポーションの納品か？」

「です！　終わりました！」

「そうか、お疲れ様」

「おや、もうこの街に馴染んでいただけていますか」

「成り行きですが」

執事さんが目を細めて笑みを浮かべている。

この人も紳士か？

「ジブラータル卿のとこの、いい土地を紹介してやってくれよな」

「勿論でございます。と、言いたいところではございますが難航しておりまして」

「なんだライト、我がまま言うんじゃねえよ」

「これぱっかりは妥協できないんだよ。工房を置くにはどこも狭い」

「で、できればご近所がいいです！」

ちびっ子は可愛いことを言ってくれる。

「他に候補は？」

「流石にこれ以上の広さとなると、この近辺では住居や店舗を立ち退《の》かせないと厳しいですな。

郊外であれば用意できないこともないですが、こちらとしては冒険者ギルドの近くに居を構えていただきたいものですから」

そう言って首を振る執事さん。

「なんだ？　広い土地探してるのか？」

「そうなんだ。店舗兼工房兼住居にするから、クリスの店くらいのサイズは最低限でもほしい」

ミーアちゃんとこの工房は店舗部分が無かったから、少し小さい。

それでも井戸があったり、裏に薬草畑を作れるくらいの広さがあったのだ。

「あるぞ？」

「え？」

「まさか？」

「誰も住んでない、空いてる土地」

「どこ？」

「そことそこ、それとあの裏の廃屋」

そこは住居が三つほど並んだ区画、その後ろの崩れた建物跡は火災の跡だろうか。

「裏の宿屋が火事になった時にそこの住民も引っ越したからな」

「そんなことあったんだ？」

「ああ。傭兵崩れの喧嘩があってな。その中の馬鹿が室内で爆炎魔法をかましやがった。そんで宿屋は半壊で営業不可。確かジブラータル卿が別の場所に宿を作ってそこの家族はそっちに移ったよな？　その後、新しい宿が繁盛しなくて結局いなくなったっけか」

「ありましたね。あの規模の火災は珍しいので覚えております」

「そんで、火事のあった宿屋の残骸がいつ崩れるかわからないってことで、そこの住居に住んでた連中も別の家に移ったぞ？　デカくて危なそうな廃材は全部片づけてあるからな。隣三軒も更地にすればかなり広い土地になるんじゃねえか？」

「素晴らしい！　流石は『迅雷《じんらい》のボーガン』！」

「や、二つ名は関係ないだろ」

「じ、じんらい……」

だせえ！

「ここならほれ、ミーアの家から徒歩三〇歩くらいだし」

「あたしの家はあそこです！」

ミーアちゃんが自宅を指さす。

「冒険者ギルドまで歩いても一〇分かからんし、ここにしろよ」

「必要のない住居も排除でき、倒壊の恐れのある廃屋の撤去もできる。区画整理が必要ですな」

「人なら貸すぜ？」

おっさんがニヤリと笑う。

「多少強引なことをするのであれば、ギルフォード様が戻られる前に片付けた方が良いかもしれませんね……宿屋の主人達は宿を再建させると言っておりましたが」

「もういないはずだぜ？　他の街に移動する依頼を受け付けたのは俺だから覚えている」

「ふむ、そのような手続きされておりましたかなぁ」

「ああ？　知らねえのか？」

「流石にすべては把握できておりません。そうですな、諸々調べてこちらで片付けておきましょう。何、元来領主様であらせられるソフィア様の土地ですから、ソフィア様の命令書とギルフォード様の承認があれば問題ありますまい」

　確かに、大き目の宿屋があったからか土地は広い。井戸もおそらくあるだろう。ぶっちゃけ、必要になる広さよりもずいぶん広い。

「でもいいのです？　勝手に決めてしまって」

　オレ的には有り難いが。

「構いませんよ。元々、他所から来た者や家庭から独立される方々への住居の手配は私共家臣の仕事で御座いますから。多少広いだけで、普段の業務の範疇に御座います」

「はあ」

「少々気になる情報も出たことですし、一度屋敷に戻ろうと思います。ボーガン殿、後ほど依頼をかけても？」

「先に大工協会からにしてくれ。そっちで断られたり人数が追加で必要になったらこっち声をかけてくれ。でないと喧嘩になる」

「畏まりました。ライトロード様、本日も宿は変わらずでございますか？」

「そのつもりです」

「では延長の手続きはこちらでしておきますね」

　今まで通りお支払いはしておきますってことかな？

「まあ助かりますが」

「本来であれば、我等が屋敷に逗留してもらうのが筋なのです。ソフィア様の紹介状もありますからね。しかし主人不在のため、部外者を泊める訳にはいかないことをお許しください」

「気にしないです。正直宿のが気が楽ですし」

「ありがとうございます。それでは……準備ができ次第お声掛け致します。お出かけになられていても宿に伝言を伝えておきますのでご自由にお過ごしください」

「よろしくお願いします」

つまり今まで通りだ。

執事さんは丁寧に腰を曲げてオレに頭を下げると、足早に屋敷の方向へと歩いていった。

◇◇◇

翌日から、早速解体工事が始まった。

動きが早い。

明らかに大工な連中もいれば、バラバラになった木材を運ぶだけの冒険者連中も多く見受けられた。

時たま半壊の建物から何かが崩れる音と悲鳴が聞こえてくるのが怖い。

「いやぁ、ガキ共の仕事なかったから助かるわ」

「魔物の群れの討伐に行かなかった連中か？」

「正確には行かせられなかった連中だな。依頼があって街から離れてたり、騎士や兵士と組ませるには問題のある奴だったり、そもそも実力不足で外に出せない連中だな」

　確かに、大工仕事をするような服装じゃないヤツが多い。まあ武器は携帯してないが。

「下級のガキ共も今は街の周りからあんまり離すことができないからな。常設の薬草回収や森の浅い地点での狩りくらいしか仕事がなかった。助かるわ」

「ああ、生態系云々のあれな」

「今回の大規模討伐が無事に完了すれば、元に戻るはずだけどな」

「どうかねぇ」

　一度崩れた自然の摂理が元の戻るには相当時間がかかる。

「大規模討伐に追従してる連中に混じってる凄腕が戻ってくれれば、森の調査も頼めるからな。多少は安心になるってもんだ。元々安全なんか保障されていない仕事だしな、運が悪い奴はどうしても出るだろうが」

「まあなぁ」

　そんな現場を眺めていると、屋敷の執事さんが子供をいっぱい連れて登場した。

「ボーガン様、ライトロード様、おはようございます」

「おう」

「こんにちは」

　そんなオレ達を物珍しそうに眺める子供達。

　全員よれよれの服を着て、厚手の手袋を付けている。

「孤児院に寄ってまいりました。この子達にも廃材の運搬を手伝わせます」

「いいけど……」

少々胡乱《うろん》げな表情をせざるを得ない、危なくないか？

「よろしくお願い致します」

執事さんと一緒に子供を先導していたのは、神父さんとシスターさんだ。

「怪我人が出た時のためにシスターもお呼び致しました。子供の小遣い稼ぎもできますしね」

「小さな子には雑草むしりをさせるつもりですので、この子達も働かせてください」

シスターが丁寧に頭を下げてきた。

むう、否とは言いにくい。

「怪我に十分気を付けさせてくださいね。それと子供達から目を離さないこと」

「「ありがとうございます」」

神父さんとシスターがそろって頭を下げる。

大工や冒険者達が建物を崩し、大工達は使える木材や家具と廃材に仕分けをしている。

建物から離して大通りにそれらを積み上げているから、そこから小さなものを台車に乗せて運び出す分には問題なさそうだ。

執事さんが連れてきた人達だし、おっさんも頷いているから問題ないんだろう。

人手も増えたので片付け作業も速度が上がった。

作業開始して三日、見事な更地が完成したのであった。

「さて、これでこっちの作業は終わったが……建物は本当にいいのか？」

「ええ構いません。まだ働いていただけるのであれば柵だけお願いします」

大工の棟梁感のすごい親父が腕を組んでオレに視線を向けている。

「柵か。この広さを囲う量となると作るのに時間がかかりそうだが」

「柵自体はありますので。これです」

ドチャドチャと大量の柵を取り出す。量はかなりあるので問題ない。

「準備がいいな」

「錬金術師の工房はどうしても高価な物が多いですから、建物を守る準備は欠かせませんよ。それに、外に出ちゃいけないガスなんかも出ますし」

「魔法が掛かっているのか」

「ええ、侵入防止と滲出《しんしゅつ》防止の結界魔法が囲うことで完成します。扉部分はこれですね」

「これを等間隔に刺して板で固定すればいいのか？」

「はい、お願いできますか？」

「今なら人手も多いし、一刻もあればできるな。わかった、請け負おう」

「お願いします」

「聞いた通りだ！　やるぞてめえら！」

「「おうっ！　」」

大工さん達が量りをもって、その後ろに柵を持った冒険者が疲れた顔で追従している。

オレはお手製のメジャーを取り出して長さを測り正面の扉と裏口の扉の位置、それと工房へ大きな物を入れるための搬入口の位置を地面に丁寧に測って描きこむ。

「手を振るだけで手元に戻るのか？　便利な道具だなぁ」

「ダイナストカメレオンの舌を加工したものです。Aランクの魔物なので高いですよ？」

魔物のランクを聞いた棟梁っぽい親父が顔を顰《しか》める。

扉の位置や搬入口の仕切りの長さを指定したので、しばらくは柵ができるのを待つ。

「神父様、シスターも助かりました」

最終日の子供達は雑草抜きで大活躍だったのだ。

オレは魔法の袋から、飴の大量に入った小さな壺を取り出してシスターに渡した。

「これは？」

「飴です。あまり一度に与えないでくださいね」

虫歯になるから。

「こんな高級な物！　とてもいただけません！」

「手作りですので元手はあまりかかってないですよ。報酬はジブラータル卿から出るので。こちらからは物でお礼です」

ジブラータル卿の名前で報酬が出るのに、こちらからもお金を出したら卿に失礼にあたってしまう。

孤児の報酬の相場も分からないからこういうのでいい。

「工房を開設しましたら、神殿とも取引が始まると思いますから。どうぞご贔屓に」

「ええ、こちらこそお願いいたします」

救いを求めて来た病人に処方する薬の販売があるかも知れないからね。

「ほら、みんなもお礼を」

「「「　ありがとうございました　」」」

シスターが孤児達を率いて帰っていった。

一部の冒険者達も報酬をもらいにギルドに帰っていく。肉体労働の後だ、酒でも飲みにいくんだろう。

手洗えよ。風呂入れよ？

もちろん歯も磨くんだぞ？

そんな馬鹿な事を考えながら、手伝ってくれた人達にお礼を言って見送ったり雑談したりしてると、柵の設置が無事終わった。

「こんなもんでいいか？」

「いいですね、高さも揃ってるし」

「おうよ、これくらいできないと大工とは言えねえからな」

「じゃあこのメジャー……尺測りの先を持って土地の角に移動を」

「これでいいか？」

「ええ、真ん中を計ります」

対角線に歩いて行き、真ん中あたりに足で印をつける。

対面にも対角線を引き、交差するところに同じく印をつけてメジャーを回収。

これから使う魔道具は大きいので、きちんと計測をしたうえで設置しないと位置がずれてしまったり向きがおかしくなったりしてしまうのだ。

「じゃあ全員柵の外に出てください」

「ああ、何かするのか？」

「はい」

オレは手提げからミニチュア模型の魔道具を取り出して真ん中に設置、その魔道具に魔力を込めて起動準備に入る。

「あれは？」

「妖精の隠れ家《フェアリー・レストルーム》って魔道具知ってます？　あれの改良版です」

「ダンジョンでたまに手に入るコンパクトテントか？　貴重品だな」

「ええ、二、三個ダメにしましたがおかげでいい物ができました」

その場に残っていた大工チーム、執事さん、それと元ギルマスのおっさんが目を見開いて驚いている。

その視線は先ほど置いたオレのお手製アイテムに注がれている。

魔道具【妖精の隠れ家《フェアリー・レストルーム》】が徐々に大きくなっていく。

「こりゃあ……」

「すっげえなぁ」

「ゲオルグ様が似たような道具を持ってたな、見たことある。見たことはあるが……」

この工房は前線で基地のように使っていた。

特別な木材と石材で作った三階建ての一戸建て、とても大きい。

一階は木造部分に会議室、リビング、台所。石材で囲まれた部分に工房とオレの部屋だ。

二階と山塊は居住エリア、二階は男性用の個室、三階は女性用の個室がある。

地下には倉庫と、避難所兼転移ルームを用意してある。

転移ルームの先は色々だ。

「とんでもない物を……お前、何者だ？」

「錬金術師ですよ。これは仲間と共に作り上げたものですから、自信作です」

なんと言っても女神様からの干渉をも防げるほどの自信作。

会議室を改装して店舗にすればいいかな。大工の人達がいるから棚やカウンターなんかを注文しておこう。

「これであとはジブラータル卿の許可が出れば営業できますよね」

「は、はい。もちろんでございます」

執事さんが引きつった笑みを浮かべていたが、すぐに表情を引き締めていた。

オレは頷くと、腰の引けていた大工達を連れて会議室の中に入る。

久しぶりに自分の部屋で寝られるからか、テンションが高くなっているオレがいたのであった。

間話　その頃、王城では

「参りましたわね。王城や貴族街はおろか、城下町でも目撃証言が見つからないなんて」

「うむ、しかしこれ以上派手に捜索を始めると国民達の協力も必要になってくる。そうなると国民達に不安が広がりかねんぞ」

ダグランベール城内の絢爛《けんらん》豪華な会議室で、国王たるフリードリヒ＝ダグランベールとその第一妃のシンフォニア＝ダグランベールはため息をついた。

「ウォルクス、何か聞いておりませんの？」

王妃の言葉に、全員の視線が第一王子であるウォルクス＝ダグランベールに集中する。

「申し訳ありません母上、私も何が何だか……ミリーはどうだ？　最初に気づいたのはお前だろう？」

唯一の王女、ミリミアネム＝ダグランベールが慌てて答えた。

「わ、わたくしはただ書き置きを見ただけですわ！　それもセリアーネが持って来た！」

「しかしだな、我等の中で一番仲の良かったのはお前ではないか」

「そもそもミチナガ様は工房に入ったら何日も出てこない人なんですよ？　仲良く話せたのは魔王討伐前後、ミチナガ様がずっと外にお出になられていた短い時間だけなんです！　仲がいいというのであればシャクティール お兄様です！　ミチナガ様に剣まで作っていただいていたじゃないですか！」

「あれはあいつが試作品だからって！　大体お前も剣を作ってくれと頼んでたじゃないか」

「誰かさんのせいで邪魔されましたけどね！」

ジロリと第二王子を睨みつけると、フン、と顔を背けるミリミアネム。

「いや、流石に第一王女が男から剣をもらう訳にはいかないだろ」

「わたくしはその意味も存じております、その上でお願いしたのです！」

「その意味を知らない相手におねだりするのはアンフェアじゃないかい？」

「もらったもの勝ちですわ！」

「ミリー！　そんなことをしとったのか！」

「あなた、ミリーは剣にばかり執着してたのですもの。良いことではありませんか」

「そうは言うがなぁ」

フリードリヒの顔が娘を心配する父親のそれになっている。

貴族階級の間で、武器を相手に送るというのは相手を全面的に信用するという意味を持つ。

同性同士であればそれは永遠の友としての誓いである。

男性が女性に送る場合は『私が貴女を永遠に守ろう』という意味になり、女性が男性に贈る場合は『この剣で私のことをお守りください』という意味になる。つまり婚姻《こんいん》の約束だ。

戦が長く続いたご時世で半ば形骸化している風習ではあるが、王族ともなるとそれは無視できない。

「それよりも、ミチナガの現在位置です。星占術師達でも見つからないのでしょう？」

「申し訳ありません母上、彼らも全力で占っておりますが……」

「ゲオルグよ、そなたの魔道具で調べられぬのか？」

道長がどこに行ったかも把握しているゲオルグに話の矛先が向いた。

「失せ物を探すとは訳が違うしのぅ、相手も移動することを考えると難しいとしか答えられんわい」

「ゲオルグ様の魔道具でも無理ですか……」

ミリミアネムが悔しそうな声で呟く。

「しかし、本当に何故突然……」

「クリア様の神託もおりませんし」

クリアとは道長を含むクラスの人間を異世界から召喚した女神の名前だ。

「クリア様がお答えになられないとは、まさか……再び世界の危機が⁉」

「そんな！」

「父上！　ご冗談でもそんなことを言うのは憚れますよ！」

「しかし最後の神託のことを思い出してみるといい」

「それは……」

光の女神クリアは、一つ嘘をついていた。

道長を元の世界に戻せなかったと言わず、この世界に再び危機が来た時のために道長を残したと言ったことだ。

人間の防御を突破できなかったなどとは、神としてのプライドが邪魔をして口にできなかったのである。

もっとも道長本人には愚痴交じりに伝えてしまっていたため、女神の沽券《こけん》に関わると言って口止めもしていた。

そして神託が降りないのにも訳があった。

寝ているのだ。

もう爆睡しているのである。

道長を戻すために余計に神力を使った結果、疲れたのだ。

そもそも魔王軍の侵攻によって攻撃を受けた神界への入り口たる世界樹を守るため、多大な量の神力を消費していた。

その上でこの状況を打破すべく未来視を行い、異世界から適性のある人間をまとめて召喚すると言ったことを実施したのだ。

姉妹である闇の神ディープは手伝ってくれなかったので一人でだ。

魔王軍の侵攻が始まってから五年もの間、満足に睡眠も取れずに働き続けたのだ。

半年は起きるつもりがないのである。

「ミチナガが一人で旅に出たのは、新たな神託を受けて？」

「ない、とは言い切れぬ」

「そんな！　まだ魔王軍の残党が残っているというのに！」

「悪は待ってくれぬということであろう、厄介なことだ」

「だだだだ、ダメよ！　危険だわ！　ミチナガ様はあらゆる魔道具をお作りになられる天才よ？　でも勇者コウイチやバトルマスターアキホと違い普通の人間なのよ！」

「焦るでない姫様よ。まだそうと決まった訳ではなかろう」

背中に冷や汗を流しながら、道長の逃亡を手引きしたゲオルグが平静を装って声をかける。

「そもそも星占術師達の占いに、そのような悲報は出ておらぬであろう?」

「いや、今はミチナガ探索に力を割いている。そちらを視ようとしている者はいない」

「調べさせねばならんな」

ウォルクスの苦言に国王が重い息と共に呟く。

「ミチナガ様、わたくしを置いていかれるだなんて……そこまで危険な旅をお一人でなんて」

「確かに、心配ね」

「お父様、お母様!　わたくし、ミチナガ様を追います!　外の世界より参られた彼の方にこれ以上甘える訳には参りません!」

「ならん」

「お父様!　わたくしのお気持ちは先ほどはっきり申し上げました!」

「ならんぞ!　本当にミチナガが危険な場所へと向かったのであれば、なおさらお前をそんな場所に向かわせる訳にはいかん!」

「ですが!」

「陛下、お気持ちはわかりますが……」

「私も反対です。ミリーは強い。なんといっても【剣聖】だからね。私より、シャクティールよりも強い……それでも、一人でそんな危険な場所に赴くだなんてとても許せない」

「お兄様!」

「それにまだ世界の危機が訪れると決まった訳じゃないんだ。ここは冷静にミチナガの足取りを追った方がいいに決まっている」

「そ、そうじゃの。儂もウォルクス王子の意見に賛成じゃ。あやつは一人で何でもできるし、腕の良いホムンクルスの護衛もおるのじゃ、滅多なこともなかろう」

ゲオルグがウォルクスの言葉に追従する。

「……分かりました、確かにまだ何か危機が迫っているという情報はありませんしね。大人しくお待ち致します」

「うむうむ。ミリーや、我慢できるようになったの」

「ミリーちゃん、大人になったわね」

ミリミアネムの言葉に安心した言葉を口にする国王と王妃。

臣民に不要な不安を起こしてはいけないとの結論に会議ではなり、今日は解散となった。

◇◇◇

翌日、東の森に災いの影ありとの複数の占星術師の言葉を聞いたミリミアネムの姿が城から消えていた。

近衛騎士団から二人程連れて、城を脱出していた。

ちなみに、道長のいるアリドニア領は王都から見て南に位置する領だったりする。

第二話　ゴブリンを倒す錬金術師

「マスター起きてくださいマスター」

「工房を建てたのに我々を呼ばないで、何を寝ているのよ。起きて、ご主人様」

「む、ん？」

ああ、久しぶりの自分の部屋に戻ったから寝ちゃったたか。

「扉の反応にリアナが気づかなければまだ向こうで農作業をしてたのかもしれないのよ？　起きてねぎらって、頭を撫でて褒めてよご主人様」

「ああ、悪かった……」

目を覚まし、顔を上げるとそこにいたのは二人の美少女。

人間ではないが。

「リアナ、セーナ、おはよう。久しぶり」

「はい、三週間ぶりですマスター。リアナは再会を喜んでいます」

「セーナを放ったらかしにするなんて許せることじゃないわ、まったく。心配させないでよね」

趣味（クラスメート達の）を全開にして作られたメイド服を着こんでいるのはリアナとセーナ。

腰まで伸びた銀色の髪の毛を流している、優しい笑みを浮かべたスタイルの良い少女がリアナ。

同じく銀色の髪をツインテールにし、勝気そうな表情を浮かべているスレンダーな少女がセーナ。

この二人は、オレの作った錬金生物《ホムンクルス》だ。

素体の関係で二人しか作れていない。もっと欲しい。

「あー、悪い。ちょっと気が緩んでた」

「お疲れですか？　もう少し休まれますか？」

「寝るならその前にお風呂入ってよね、それとスープくらい口にしてから寝ないと体に悪いわよ？　というかセーナがいない間、何を食べてたの？　ちゃんとした食事してた訳？」

「ちゃんと宿で食事を取ってたよ」

「どうせ肉料理ばっか食べてたんでしょ！　宏美《ひろみ》が言ってたもん！　これだから男子ってやーねって！」

「はいはい、セーナにはお世話になってるよ」

「分かればいいのよ分かれば！」

改めて二人を見る。うん、今日も美少女だ。

でもしばらく放置していたからか、表情が若干怒ってるように見える。

「あー、なんだ。お前達、渡しておいたマナポーションはちゃんと飲んでたか？」

「ええ、毎日一本いただいておりますわ」

「農作業とオーガ達との戦闘訓練《軽い運動》ですもの、魔力はそんなに消費しないわよ」

「まあそうだろうが、久しぶりだし魔力を補充しておこう」

「ホント!?」

「ありがとうございます、マスター」

喜びながら、いそいそと服のボタンを外しにかかる二人。

「コラコラ、後ろを向いて脱ぎなさい」

「以前も言いましたが、マスターにお見せできない体はしておりませんわ？」

「そうだった！　ちょっとリアナ！　恥じらいを持ちなさいって奏が言ってたでしょ」

「もう、奏さんはいないのですからいいじゃないですか」

「いいから後ろを向くのよ！」

前が完全にはだけているセーナがリアナの肩を掴んで無理矢理後ろを振り向かせる。その動きがそもそも色々見えそうな動きだが、自制心を持って我慢。

そもそも自分が作ったホムンクルスなんだ。欲情なんてする訳がない。

「じゃ、じゃあ始めるぞ」

ううう、メイド服の上を脱いでいる二人の背中は妙な色っぽさがあるな。

後ろ手でブラを外すしぐさとか特に。

いかんいかん。こんなんじゃまた女子連中に馬鹿にされてしまう。

深呼吸を一つして、二人の背中に手を当てる。

そして体内にある、人間でいうところの心臓部分に意識を集中させて魔力を込めていく。

「ン、ハア……ウウン。マスターの熱いのが、中に……」

「ああ、気持ち、はっ、いい……もっとぅ」

エロい。

「こんなものか」

「た、助かりますわ、マスター」

「こここ、このの感覚は、いいいいつまで経っても。な、なれないわね…………気持ちいいけど」

背を向けながら、いそいそと外したブラを直して服を着なおす。

気分が高揚したのか、表情もどことなく赤い。

二人はホムンクルスのため、定期的に魔力を補充しなければ動かなくなってしまう。

オレ自身が注入しなくてもマナポーションがあれば回復できるが、時たまこうして直接入れるようにしている。

これをすると二人とも機嫌が良くなるから。

とても良くなるから。

「さて、眼も覚めた。久しぶりにセーナのご飯が食べたいな」

「えへへ」

「リ、リアナも手伝いますから！」

「ああ、リアナもありがとう」

「オーガの島の食材中心でいいかしら？」

「ああ、久しぶりに米が食べたい」

魔法の鞄におにぎりは入ってたけど、宿暮らし中は宿の食事を取ってたから手をつけてないんだよね。

「今日はご飯にお味噌汁《みそ》に唐揚げにサラダにしようかしら」

「いいね、ごちそうだ」

「じゃあセーナからご主人様にお願いがあります」

「お？　なんだ」

「井戸からポンプ引いてきて」

「あ」

そういえばまだ水を引き込んでなかった。

外に出て宿だった時代の井戸に自動で水を引き上げられるようにポンプを設置しよう。

「おおおおお、おしょーさま！」

「あれ？　ミーアちゃん、どうしたの？」

家の外に出ると、柵の外側に人だかりができていた。

みんな突然現れた家に驚いて集まったみたいだ。柵で防御しておいてよかった。

「なんか家が建ってます！」

「おう、すごいだろ」

クラスメート達から魔力を半月近く徴収し続けてできた自慢の工房兼自宅だ。

「あんたがこの家を建てたのかぁ、今日あたりで更地になってるくらいって思ったのに」

「あれは家を建てたっていうのか？　なんか生えた感じだぞ？」

「錬金術師だってねぇ。こんなのゲオルグ様のお弟子さんでもできないんじゃないのかい？」

「ゲオルグ様が似たようなことしてるの見たことあるぞ！」

「ってことはゲオルグ様クラスの錬金術師かい!?」

「いやいや、これはダンジョン産のアイテムの力ですよ」

ちょっとだけ改造したけど。

「なんだそうなのかい、でも錬金術師なんだろ？　ミーナが世話になったねぇ」

「いえいえ」

「お、おししょーさまはすごい人なんです！」

「や、師匠はやめて」

弟子を育てる時間があれば研究に集中したいし。

「工房になるんだよなぁ？　販売もするのかい？」

「はい、ジブラータル卿の許可が下り次第ですが。熱覚ましや虫避けも販売しますよ」

「助かるねぇ！」

「ああ、毎度教会に足を運んでたしな！　クリス坊の店は遠いし参ってたんだ」

「婆ちゃんの足の薬切れそうだったんだ、あんた作れるかい？」

この世界のクラスでいえば十分都市と言える広さの街で、錬金術師が足りてなかった街だ。そりゃあ期待もされる。

「薬は適当に作るから、うちの従業員に言ってくれれば出すよ。とりあえず営業開始してからね」

「そうさねぇ、早く討伐隊の連中も帰ってきてくれればいいんだが」

「ご主人様、お水までです？」

色々話しかけられているところに、セーナが家から出て来た。

「メイドだ」

「メイドだな」

「え？　貴族様の店？」

「おししょーさま！　綺麗な人です！」

「ご主人様？」

「収拾つかなくなるな。とりあえずオレ、家を使えるようにしないといけないから営業開始したら話聞くな」

今のうちに一般的な薬を大量に作っておこう。

とりあえず、ポンプ引くか。

◇◇◇

「マスター、お客様がいらしております」

「客？　まだ店は開店してないけど」

翌日、色々一般的な薬を大量に作っていたら人が来たらしい。

「いえ、この街の町長様だそうです」

「ああ、帰ってきてたのか。まずったな、こちらから挨拶に行くべきだった」

相手は貴族だ。

「来賓室にお通ししておきました」

「わかった、ありがとう」

あそこなら王族を歓待する時にも使っていたので失礼はないはずだ。

でも錬金術は途中では止められないので今の作業は終わらせないといけない、魔力で無理矢理速度を速めちゃおう。

関節痛薬を大量に作成。乾燥作業は後でやろう。

作業着から錬金術師っぽい、というか魔術師っぽいローブ姿の服装に変え、髪の毛を整えてから来賓室に顔を出す。

「お待たせしました」

「いや、先触れもせずに急いで来てしまった私が悪いよ。何か作業をしていたんだろ？　忙しいところ悪いな」

真っ赤な髪の毛を短く刈り上げたキラキラのイケメンが座っていた。

うん、ソフィア様との血縁関係を感じるな。

「こちらこそ。すぐにご挨拶に向かえず申し訳ございません。ゲオルグ＝アリドニア様からのご紹介により参りました、ライトロードにございます」

「ああ、この街の代官、まあ町長だ。ギルフォード＝ジブラータルだ。とりあえず掛けてくれ」

本来はこちらが先に座らなければならないが、目上の相手が先に座っていた場合は勧められるのを待ってから座る。

「こちら、ソフィア様からの紹介状です」

「確認しよう」

テーブル越しに座っているが、手紙は顔なじみの執事さんが受け取ってくれた。

執事さんが、蜜蝋で押された押印された面を見えるようにしてテーブルの上に置いた。

その手紙をジブラータル卿は手に持ち、確認する。

右手をあげると、素早く執事さんがペーパーカッターを取り出した。

絵になる人だ。

「ソフィアの紹介状にも間違いないし、既に屋敷にも手紙が届いていた。これから世話になる、錬金術師ライトロード殿」

「よろしくお願いします、ギルフォード様」

「営業許可証と土地の貸し出し認可証、用意のいい執事が用意しておいてくれた」

「ははは」

話を振られた執事さんは目礼していた。

「この様子だと、すぐに営業はできそうか」

「店舗用の棚や机、カウンターの到着次第ですがそれができればですね。今は急ピッチで常備薬や痛み止め、熱冷ましを作っています」

自分でも作れるが、人に任せられる分は任せてしまった。

その間にオレにしか作れない薬を先に作成だ。

異世界転移組はどいつもこいつも丈夫すぎで風邪なんか引かなかったから、そっち系の薬は足りない。

痛み止めなんかはポーションを使うほどでもない人用だ。一般人がちょっとした痛みがある度にポーションを使っていたらお金がなくなってしまうのだ。

なので安価な薬がどうしても人気になる。

「そうか。素材は足りているか？　必要ならこちらからも捻出するが」

「先月亡くなった錬金術師の御家族から買い取ったので、今のところ足りてはいます。手持ちの素材もいくつかありましたから」

「何よりだ。ソフィアから色々便宜を図るように言われているが、こちらの助けは必要なさそうだな。綺麗な使用人もいるようだし」

そう言って視線を向けた先には、オレの横で大人しく控えているセーナがいる。

「綺麗で優秀な使用人でございます」

「そのようだな、紅茶も美味い」

「ありがとうございます」

セーナも目礼で返す。

「それじゃあ、必要ないかも知れないがこれを」

そう言って執事さんがテーブルの机の上に三つ程革袋を取り出して置く。

「準備金だ。それと街にいる最初の三年は税を免除しよう」

「すごいですね、破格の条件と言ってもいい」

「普通はここまでやらんさ。爺様の紹介で、しかもAランクの錬金術師だからだ」

免税の証明証もテーブルに並べてくれる。

「爺様、ということは……ギルフォード様もゲオルグ様のお孫様で？」

「ああ、私はソフィアの兄だ」

「お兄様であらせられましたか」

「ああ。領主は私がやるべきなんだが、少々問題があってな」

なんか話題にしちゃいけない系？

「そんな心配そうな顔をしなくてもよい、領民も皆知っておるからな」

「はあ」

「男性しか愛せないのですよ、この阿呆主人は」

「は⁉」

「ええ？」

驚きの声を上げてしまった。セーナも慌てて口に手を当てる。

「安心してくれ、私は同意の上でしか求めんし、そもそもライトロード殿は私の好みの範疇《はんちゅう》ではない。まあ求められれば応えんでもないが」

「やめてください気持ち悪い」

「ははは。いいね、そういうストレートなこと言われると、ゾクゾクくる」

変態じゃねえか！

「今回のゴブリンロードの討伐も、ホブゴブリンファイターが良い感じだった。あの筋肉量と圧倒的な攻めの姿勢、言葉と心が通じ合えばと悩んだものだよ」

「変態じゃねえか！」

声にでちゃったよ！

「っと、話がそれたな。まあそんなこんなで私は後継者が期待できないからね、ソフィアに譲った訳だ」

「そ、そうでしたか」

スーパー気持ち悪いイケメンだなコイツ。

「ああ、免税は物販の税と土地の使用料のみが対象だ。冒険者ギルドや商人ギルドなんかでかかるタイプの税。つまり自動で計算される税は免除できないから勘弁してくれ」

「了解しました、問題ございません」

通年の免税だけでも大きい。

できれば年内に元の世界に帰りたいが。

「それと錬金術の研究でこの街を選んだよな？　今の代官の屋敷は元々ジジイ様の研究所だ、色々資料が残ってるから今度見に来るといい」

「行きたいですけど、行きたくないなぁ」

「貸出の準備をしておきましょう。ええ、主の屋敷に出入りしていると噂が流れると困られるでしょう」

「あ、助かります」

本当に。

◇◇◇

「実は直接来たのは依頼したいことがあってな。今回の討伐の件でなのだが」

　スーパー変態が町長の顔になった。

「討伐対象はゴブリンでしたか。ロードが出たと仰っておりましたが」

「ああ、ゴブリンだ。上位種でもうちの騎士団の連中や冒険者のトップ連中の敵じゃないさ。苦戦はしなかったが。まあ数がなぁ」

「あいつら、どこで増えてるんだっていうくらいの数になる時ありますよね」

　魔王軍との戦闘の際に、地平線の彼方までゴブリンで埋まっている光景を目にした記憶がある。【大魔導士】の職を得た海東進《かいとうすすむ》が地形が変わる程の凶悪な魔法を撃って対応してたのが印象的だったが。

　あれほんと、どこから来たんだよってくらい多かった。

「連中が出て来たのが森の中だったからな。炎の大規模魔法で処理する訳にもいかんし、個別で対処しなければならなかったな。数に押されて死んだ連中も何人かいたが、まあゴブリン相手だからと舐めてかかった新人の騎士とか兵士が何人かだな」

「そうでしたか、お悔み致します」

「まあ死んでしまったものはしょうがない、無事に上位種もあらかた倒したしな。それよりも問題は森に逃げ込んだ大量のゴブリン達だ」

　それは確かに問題だ。

「森には冒険者だけでなく、狩人達も多く入る。簡単な柵しかないような村もあるからゴブリン達が群れで現れたら大変な事態になる。連中が森から出てこないように、大半の戦力は森の前に置いてきたが、時間が経てば経つほど散り散りになって手に負えなくなる」

取り逃したゴブリンはかなりの数だったようだ。下手すれば領内の村がいくつか滅びる事態になりかねない。

勿論各村々にも魔物に対抗できる戦力は配置されているだろうが、圧倒的な実力差があったとしても数の暴力の前に村を完全に守るのは厳しいだろう。

「ソフィアにも討伐隊を出す旨の鳩《はと》を飛ばしたから動き始めるだろうが、こちらとしても村々が滅ぶ可能性があるのは捨て置けないからな」

オレとソフィア様が会った時にはそういう話になっていなかった。入れ違いになったかな？

「それでオレに依頼ですか……ゴブリンをピンポイントで感知するアイテムならば作れないこともないですが、あまり数は多く作れないですよ？」

あれはアクセサリーの類だ。薬品のように一括で作成できる物ではない。

「薬品や武器の類でもあればと思ったのだが」

「んー、単純に巡回する騎士や兵士、冒険者達を増やすとかしか思い浮かばないですね。あとは個々人の武具の強化とか」

増える怪我人のためにポーションの作成量も増やした方が良いかもしれない。

「やはりそれしかないか。大規模な討伐作戦の後だから極力休ませてやりたいんだが」

「どのくらいの量のゴブリンを片付ければ正常な状態といえるのか、現状はそれも不明ですからね」

とはいうものの、引っ越したばかりの土地で大量虐殺が行われるのを無視するのは忍びない。

できることを考えないといけないな。

「マスター、お話中に失礼致します」

貴族の対応をしている最中にリアナが扉越しに声をかけて来るとは。

「どうした？」

「すまんな、入るぞ」

登場したのは領主のソフィア様だ。

相変わらず赤くて綺麗。

護衛の方も一緒である。

「代官屋敷に行ったらこっちに来ていると聞いてな、急ぎの要件だから直接来た」

「やあソフィア、久ぶりだね」

「ご無沙汰しております、ソフィア様」

「ああ、ゴブリンの件でな。ライトロードとの話は終わったのか？」

「事務的な話は終わったよ。今はゴブリンのことで相談に乗ってもらっていたんだ。彼はAランクの錬金術師だからね、知恵を借りれないかと思ってさ」

なるほど、といった表情でソフィア様もテーブルについた。

セーナが新しいティーセットとお茶請けを素早く用意する、できた娘である。

「以前言っていた使用人か」

「ええ、錬金術の基礎知識も仕込んであります」

「二人ともか？」

「はい、もう一人は怪我や病気の診断もできます」

「そうか、準備万端そうで何よりだ。それで？」

それで、とはゴブリン側の件だろう。

「現状オレ、私のできる範囲だとゴブリンの感知を行うアイテムの作成とポーションの供給くらいかと思われます。ポーションは薬草の数次第、感知を行うアイテムはアクセサリーなので鉄やすず、それと微量な銀とゴブリンの魔石が大量に必要です」

「ゴブリンの魔石は大量にあるが、鉄やすずはともかく銀か」

「待て兄上、ゴブリンが感知できても対応できるかできないかで変わってくるぞ」

「だが来るか来ないかが分かるだけでもありがたいだろう？　避難する時間もできる」

「それより、村人達でも自衛できるような魔道具は作れないか？」

「恒久的にであれば、相当な値が張りますし属性の乗った魔石が必要ですね。魔力があまりなくても使える物があります」

「ゴブリン以外にも使えそうだな」

「ええ、悪意ある人間に持たせるべきではない道具です」

ぶっちゃけ魔法の武器である。子供でも人が殺せるようになる類の。

「騎士団の巡回を増やすか」

「領都からも準備ができ次第こちらに向かわせるよう準備させている。六〇人程だがゴブリン程度ならどれだけ数がいても負けん戦士達だ」

「はあ、ソフィア、数の脅威はすごいよ？　我が街の精鋭も多くの怪我人が出た。騎士や兵士には死人もね」

「ゴブリン程度に、軟弱なことを……森ごと吹き飛ばせてやれば楽だったものを」

「むしろそれをしなかった私を褒めてくれていいんだよ？　まあソフィアみたいな広範囲殲滅《せんめつ》魔法の持ち主がダンジョン行ってていなかったからやれなかったって言うのもあるけれども」

あ。

「ああ！」

オレは立ち上がり、工房の倉庫に向かう。

そういえばそんな系統の魔道具があったような気がする。

だいぶ前に使った物だからどこにしまったかな……。

「マスター、お客様を放置して何を？」

「あれだよあれ、サイレントキラービーをまとめるのに使ったあれ」

「あれ？　で、ありますか……あれならば確か、こちらの棚の」

そう言ってリアナが両手鍋のような香炉を取り出してくれる。

「ナイス！」

それを受け取って再び来賓室に戻る。

「見つけました！」

「お？　おお、何があった？」

あ、説明していなかった。

「これは以前、とある魔物を一か所に集めるのに使った魔道具です」

「ほう！」

「以前使った時は、サイレントキラービーと呼ばれる魔物に利用しました」

「それ、危険度Bで群れると危険度Sじゃなかったっけか？」

「でしたっけ？　これは臭いを広範囲に拡散させる魔道具です。この時はサイレントキラービーの主な餌だった熊の血肉の香りを広範囲に放っておびき寄せました」

ハチミツが欲しかったんや！

サイレントキラービーは肉食の蜂《はち》の魔物だ。こいつらは単体では強くないが、とにかく数が多くて厄介な魔物だ。

動物をおびき寄せるため、臭いの強いハチミツをその巣に蓄えてくれる。蜂自体はそのハチミツを食べないので、一度も襲われていない蜂の巣にはかなりの量のハチミツを蓄えているのだ。熱処理した上で混在する異物を取り除くととっても濃厚な味わいになるのである。

クラスの女子連中が興奮して大量に欲しがったが、巣に襲い掛かるのはリスキーだったので罠を張っておびき寄せて働き蜂を駆除、その後巣に残ったオスや幼虫、女王蜂を駆除して巣ごとゲットした経緯があった。

女子連中、幼虫気味悪がって後半仕事してなかったけどな！

「もっとグロい敵と戦っただろうに……」

「は？」

「いえ、独り言です。これを使いゴブリンの好みそうな臭いを放ち、どこかにおびき寄せて……」

「おびき寄せたところに範囲攻撃魔法か！　ははは！　いいじゃないか！　私がヴォルケーノを撃てば終わりだな！」

ソフィア様は範囲殲滅魔法を得意とするらしい。

「何度か地点を変えてそれをやれば、いずれゴブリンの数も許容範囲に収まるな。臭いの範囲はどのくらいに有効なんだい？」

「一キロくらいから二〇キロくらいまで効果範囲は調整できます。効果範囲を広げるには臭いの強い物が必要になりますが」

まあ臭いは増幅するのでそこまで効果範囲に差はでない。

「や、二人とも待ってくれ」

「はい？」

「どうした兄上？」

ジブラータル卿がストップをかけてきた。

「そもそも、ゴブリンの好む臭いってなんだ？」

えーっと、なんだろう？

色々実験する必要がありそうだな。

◇◇◇

ゴブリンの好む臭いとは？　との疑問に直面するも、まあ肉じゃないかなと結論になりました。

という訳で、香ばしい臭いを放ってくれる焼肉と血肉の臭いのついた魔物肉のどちらがいいかを検証することになった。

問題点としては、肉の臭いに釣られてゴブリン以外の魔物が寄ってくること。そしてその魔物が強いと危険なことだ。

「森の浅い地域に肉食の生き物はゴブリンやフォレストウルフ、グリーンバイパーぐらいなものだな、以前のままであれば」

気になることは専門家に聞こうという話になり、オレとソフィア様、ギルフォード様の三人プラス護衛の人やら執事の人やらがみんなして冒険者ギルドに移動することになった。

そしてそこにいたおっさんを捕まえて森の浅い地域にどんな魔物がいるかを確認することに。

「臭いでおびき寄せるというなら森の中層からホーンベア辺りもくるかもしれんな、あいつらは臭いに敏感な魔物と言われている。それとファングボア、肉はあまり食わないらしいが雑食だ。ゴブリンの軍勢のせいで森の中の食糧が枯渇している可能性もある」

おっさんの言う通り、その辺の中級冒険者が相手をする魔物が出て来る可能性もあるな。

「更に言うなれば、ここ最近の魔物の生息エリアの変化だ。オレ達が見たことないような上級の魔物が森に現れている可能性もある。ゴブリンがいくらいようが全く物ともしない魔物が現れたら対処できるか？」

「確実に大丈夫だ、とは言えないな」

代表してソフィア様が答える。

「だがそんな魔物が存在するのであれば、早めに確認しておいた方がいいのではないか？　いきなり来られるよりゴブリンと戦うために準備している状況である今の方がマシであろう」

「……それもそうだな。ついでに広域魔法で吹き飛ばせる」

「そうだ。ライトロードの魔道具でゴブリンを誘引する。その後、魔法で吹き飛ばしたあと包囲殲滅戦だ。これから森の近くで敵を包囲可能で取りこぼしも少なくできる地点を割り出す。まあガノン川の傍になるだろうな」

ソフィア様の言葉に、思案顔だったおっさんの顔が引き締まる。

「森側の防御が必要だな。包囲の一角が崩されたらそこからゴブリンに逃げられかねん。AランクとSランクを配置した方がいいな」

「冒険者側で受け持ってくれるのか？」

「ああ、騎士達よりも魔物と戦う術《すべ》を持っている。俺が先頭に立てば連中も否とはいうまい」

「上位の冒険者達の実力はわかっているつもりだが、そこには機動性のある騎兵も配置しよう。それよりも、ボーガン殿も来るのか？」

「一週間もギルマスは向こうで踏ん張ってるんだ。そろそろ交代してやった方がいいだろう」

おっさんがちらりとこちらを見る。

「今回の魔道具、誰でも動かせるのか？」

「オレの魔力で登録してあるからなー、行かないとダメだろう」

中の魔石を取り換えれば他の人間でも使えるようになるだろうけど、ゴブリンをおびきよせられるかとか、試すことを考えると現地に早々に行った方がいい気もする。

ゴブリン程度の相手なら、戦闘がメインではないオレでも一〇〇や二〇〇は相手にできるので危険もない。

そんな考えをしているオレに対して、眉を顰めるおっさん。

「ゴブリンと侮っていると痛い目に合うぞ?」

「まあ、何とかなるでしょ」

オレの護衛にセーナが付くんだ。間違いなんて起こりようがない。

それにオレが死んだら二人を生き返らせられなくなってしまうのだ。そんな危険な橋を渡るつもりはない。

「……覚悟があるならいい」

「ああ、そういえば」

「なんだ?」

「今回の報酬の話がしたいな」

タダ働きはごめんなんだぜ。

◇◇◇

開店前だったお店だが、棚やらカウンターやらの納品があるのでそこら辺は一旦ストップさせた。

今はソフィア様とギルフォード様、おっさんとおっさんのお供のダンジョンから戻ってきた冒険者、それとソフィア様が呼んでいた騎士団のメンバーと共にゴブリンの群れが出たという森の近くの草原にやってきた。

　オレは自分の作った錬金馬（ホムンクルス）にしか乗れないから、お手製の馬車である。

　戦場の匂いがする。

「マスター、かなり怪我人がいます」

「そうだな」

「傷も洗わず処理した人がいるみたいね。熱を出さないのかしら？」

　オレに帯同しているリアナとセーナが周りを気にしている。

　そしてオレの、というかリアナとセーナの注目度がやばい。

「目立つのもあれだし、さっさと目的を果たすか」

　ソフィア様がギルフォード様の代わりに指揮を執っていた騎士の所で話を聞き始めたので、とりあえずオレは魔道具でゴブリンが誘引できるかの確認だ。

「俺が護衛につくからお嬢ちゃん達は残していったらどうだ？」

「冗談でしょう⁉　ご主人様はセーナが守るのよ！」

「リアナは常に、マスターと共にあります」

「はいはい、二人とも信頼してるよ」

　オレはお手製の魔法の杖を手に持ち、両肩の上にガード用の魔道具を浮かばせて準備完了だ。

「リアナ、お前はオレの護衛ね。セーナ、はい弓」

「これを使うのも久しぶりね」

「矢は悪いけど木製な」

セーナは弓の弦を引いて感触を確認している。

矢筒は魔法の袋と同じタイプの物で、腰に手を当てると勝手に手元に矢が出る仕組みだ。

リアナはリアナの背丈よりも長い杖を両手で握っている。彼女は回復魔法や神聖魔法が使用できるからいざという時の護衛役である。

手提げの持ち手を外してを腰に回す。

こうするとポーチになるのだ。

「紹介する、護衛兼殲滅役のイドリアルだ」

おっさんが連れて来たのは背の高い女性、髪の短い金髪のエルフだ。エルフかぁ、この世界のエルフは怖いんだよなぁ。

「出稼ぎ組？」

「そう」

こちらをちらりと見たが、どちらかといえばセーナに視線が向いている。

「……まあ、いいわ」

「ゴブリンが出たら矢で撃ってください。矢が足りなければあちらで補充してくれるそうです」

「すぐ？」

「準備でき次第ですね」

「分かったわ」

頷くと共に矢の補充に向かうイドリアルさん。

彼女の準備が整うまで、あとギルフォード様が騎士から弓矢が得意な者と守りが得意な者を何

人か連れて来るらしい。

「じゃあ一緒に来るのは？　リアナとセーナと」

「私と従者が五人だ」

「俺もだ」

「私ね」

御者台にオレとセーナを乗せて、馬車の中にはリアナとイドリアルさんを乗せて移動。

おっさんとギルフォード様、それと従者というか護衛の騎士五人は馬でついて来ている。

森から離れず、かつ本隊が見えない場所まで移動しなければならない。予定していた地点はあるが、本隊が思ったより伸びていたので更に先に移動だ。

「この辺りで良いか。森の手前が盆地になってるし」

「そうだな。本隊からも離れているしちょうどいいだろう」

小高い丘の上で馬車を止めて、ギルフォード様に声をかけた。

こちらの最高責任者はギルフォード様なので、最終的な判断はこの人次第だ。

騎士達が全員の馬を丘の下、見えない位置に固定しに向かい準備ができるのを待つ。ウチの家を囲っている柵と同じような効果がある設置しやすいものを渡したので馬達の防御も万全だ。

念のため丘の上、オレ達が陣を作る位置にも柵を横長に配置する。

全部囲うと逃げる時に邪魔になるから前面にだけである。

そんな作業を長々と行っていたのに、リアナとイドリアルさんが馬車から出てこない。

「お待たせしました」

「ん」

おかしいなと首をかしげていた時に、二人が出て来た。

イドリアルさんが小綺麗になっている。

「拭いてもらった、すっきり」

「お手伝い致しました」

ああ、そういえば何日も戦い続きでしかも野営だもんね。

「忘れ物ないよな」

改めて確認し、馬車を魔法のポーチとなった手提げにしまう。

騎士達が驚いていたが、気にしないでと手を振って誤魔化す。

「さて、行ってくる」

「お供いたします」

オレは馬車を外した馬に乗り、セーナを後ろに乗せる。

盆地の中央辺りで、とりあえず半径三キロメートル程度の範囲で魔道具である香炉を準備。

生肉と血の匂いだと、気分が悪くなる人がいるかもしれないので焼肉の香りだ。調理して香ばしい匂いを醸し出している大き目のステーキを香炉の中に入れて、馬と同じように簡単に設置できる防御柵を周りに設置。

更に柵の周りの地面に、魔物が踏んだら風の刃が上に向かって発生する地雷式の魔道具をいくつか埋め込んだ。

風向きも確認し、一応森に風が向かっているようなので魔道具に魔力を込めて起動。念のため一時間経ったら蓋が自動で落ちるように設定しておこう。

「急ぎましょう」

「ああ」

セーナが森の中にいる魔物の動きを察知したようだ。

再び馬に乗り、急いでみんなの待つ丘の上に移動した。

そこで馬から降りる。馬は丘の反対側の他の馬が集まっている地点の近くに移動させた。

「ああ、腹が減るなぁこれは」

「メシ、到着してから食ったでしょ」

「そうなんだがなぁ」

「ははは、これからゴブリンが大群で出て来るかもしれないのに余裕だな」

ゴブリン達から見えないように、丘の上で姿勢を低くしながら眺める事数分。

ゴブリン達が涎を垂らしながら次々と森から湧き出てきた。

「ええ？　多くない？」

「それだけ討ち漏らしていたということだ」

最初のゴブリンが早速地雷を踏んでバラバラに吹き飛んだ。細工は流々である。

その姿を見たゴブリンが足を止めるものの、後続のゴブリンは気づかずに臭いの元に突撃していって、同様にバラバラにされた。

「あの魔道具、エゲツねぇなぁ」

「本来はもっと厄介な魔物に使う道具ですけどね。その分ゴブリン程度ならば一瞬でミンチです」

森から続々と、臭いに釣られたゴブリンが目を充血させながら突撃してきた。

かなりの数が一斉に臭いの元に向かっていってる。

相当に飢えているようだ。

『ゲギャ！　ゲッギャ！』

何匹かのゴブリンが異常に気づいて足を止めているのが見える。

それもそうだろう、目の前で仲間がバラバラに切り裂かれているのだから警戒するのも当然だ。

「そろそろ間引くか」

「それが良さそうだ」

その言葉に各々頷いて立ち上がる。

そして弓を持っていた者は構えて、矢を放った。

『ギャッギャッギャッギャ！』

『ギャーグ！』

今までは悲鳴も許さずにバラバラにされていたゴブリンであったが、頭や体に矢を受けたゴブリン達は死ぬ間際に断末魔の声をあげる者も多い。

セーナの腕は知っていたから安心していたが、おっさんやイドリアルさん、それに騎士達も矢の的中率は中々だ。

急所を外して即死しないゴブリンもいたが、矢を外す者はほとんどいない。

「ふむ、今のところ順調だな」

「ですが、思ったよりも数が多いですね。射手が足りない」

今はゴブリン達の注意は臭いの元に向かっているが、そのうち攻撃しているこちらに注意を向ける者も出てくるはずだ。

オレも手に持っていた杖を前に突き出して、起動させる。

連中の何体かがこちらからの攻撃に気づき、臭いの元を無視して駆け上がってきた。

もちろん、そういった連中から矢で射られていく。

手前側は騎士達の担当のようだ。

「マジックブースト、ライトニングシャワー」

杖の先からバスケットボールくらいの光の球が生まれ、空へと向かう。

その光の球から、大量の電撃が降りそそぎゴブリン達の群れに直撃した。

「おいおい、すげえな」

「ライトロード殿、戦闘もいけるのか」

「こういう道具を作るのも錬金術師の仕事ですから」

「ご主人様、追加が森からこちらを伺っております」

「しばらく様子を見よう」

お肉の香ばしい匂いの誘惑に連中が勝てるか、命の危険を感じこのまま森に帰るか……。

「出て来たな、相当飢えてるみたいだ」

「それだけ森の中の食材が枯渇しているってことだろう。近隣の村への食糧支援が必要になるかもしれないな」

「ダンジョン組の連中に狩らせるか」

地面に転がっているゴブリン達の死体を踏み越えて再びゴブリン達が走りながら香炉に突っ込んできている。

矢で殺されたゴブリンの死体が乗っかっているせいで、地雷式の魔道具が起動しない物が増えてきた。

香炉の周りの柵を殴りつけたり、上に登ろうとしているゴブリン達がいるが結界の魔法が掛かっている柵だ、ゴブリン程度が超えられる物ではない。

「まだまだ出て来るな。設定はどのくらいにしたんだ？」

「計画通り三キロですけど、相手の嗅覚次第ですし、風の強さによってはもっと広がってるかもしれませんね。忘れてました」

「ざっくり三キロ圏内程度でこれだけいたのか」

「森の中に討伐隊は入れなかったんですか？」

「流石に危険だからな。そこのイドリアル氏くらいの実力者が何人もいて、チームが組めるなら話は別だが」

再び香炉の周りにゴブリンが溢れ出す。

もちろん地雷式の魔道具からは風刃が途切れることなく噴出しているが、もはやお構いなしだ。

「ライトロード殿、先ほどの攻撃をもう一度できますか？」

「構いませんよ」

オレは立ち上がり、再び杖を起動。

「ふっ！」

そんなオレを目掛けて矢が放たれた。その矢はセーナが放った矢で空中迎撃されている。

オレに矢を放ったゴブリンは、イドリアルさんが矢で仕留めている。

ゴブリンアーチャー的な魔物がいたようである。

「マジックブースト、ライトニングシャワー」

オレは気にせず魔法を放つ。

「迎撃っ」

ギルフォード様の号令の元、オレの魔法のうち漏らしや追加のゴブリンが次々と矢によって沈んでいく。

イドリアルさんはオレの設置した罠の魔道具の上に覆いかぶさったゴブリンを強弓で弾き飛ばしてくれたりもしている。

再び見える範囲から動くゴブリンが消えた。

匂いの届く範囲のゴブリンがいなくなったからか、それとも流石に危機を感じたのか。

散発的にゴブリンが現れるが、オレの設置した魔道具を踏んでバラバラになってしまった。死体だらけの中、死体がない地点だからか、みんなそこを通りたがるからだ。

ほどなくして、カコン、と小気味よい音が鳴って香炉の蓋が閉まった。

一時間たったようだ。

セーナとイドリアルさんが慎重に森に近づき、ゴブリンが追加で来ないか確認をして問題なしとのことに。

使用した魔道具をすべて回収して今回の戦果を確認する。

……死体の片づけが大変そうだ。

◇◇◇

大きめの穴を騎士達が掘り、そこにみんなでゴブリンの死体をまとめて落として油を撒いて火をおこした。

火が消えるまでオレは地面に埋めていた地雷魔道具のメンテナンスだ。真上でゴブリンをバラバラにしてたからか、血が大量についていて拭くのが正直嫌だが仕方がない。

二〇個もあったから、リアナとセーナはもちろん騎士の人達も手伝ってくれた。

ギルフォード様はダメよ。

「あなた」

「なんでしょうか？」

「その弓、どこで手に入れた？」

「……ご主人様にいただきました。羨ましくても譲りませんよ？」

黙々と拭いていたらそんな会話が聞こえたので顔を上げる。

「世界樹の枝で作られた弓、普通は持ってない」

「クリムデス族長に若い枝をいただいたんだ。それを加工した物だよ」

「族長に？　あなた何者？」

イドリアルさんの視線が厳しい。

エルフの一族を統括している長老会の長にもらった、木製のエンブレムを彼女に見せた。

これはエルフ達と友好を築けた者にのみ与えられる証らしい。

「魔王軍に世界樹が襲われていた時に国軍に所属していてな。世界樹の危機は世界の危機だ、人間の国からも応援が出ている。その時の礼にといただいた」

魔王軍が戦力を最も投入していた戦場は世界樹だ。

そもそも連中の狙いは世界樹であり、そこにあるダンジョンを通って神界に攻め入るのが目的だと魔王軍の幹部が高らかに宣言したのを聞いている。

神になり代わり自分達の都合のいい世界に作り替えるつもりだったそうだ。

世界樹に攻め入ってきた巨大な悪魔の魔物と勇者である稲荷火幸一《いなりびこういち》が戦った際に、足場にしていた巨大な枝を誤って叩き斬ってしまった。

その巨大な枝の一部をエルフ達からもらったのである。

セーナの弓以外にも、魔道具やオレの工房の材質に大量に使われている。

「そう、でも珍しいわ」

「怪我をしたエルフ達に片っ端からハイポーションぶっかけて回ったからなぁ」

エルフはそのほとんどが一騎当千の猛者集団だ。小さな子供でもその戦闘力はそこらの冒険者に引けをとらない。

魔王に闇の衣がなければ、エルフが一〇人もいれば魔王に勝てたのではないかと思うほどの戦闘能力を保持している。

マジで、冗談抜きで、スーパー戦闘民族なのである。

エルフは世界樹の守りを重視しておりそれ以外の興味が基本的にない。

世界樹から続く神界へのダンジョンの守護、ではなく世界樹そのものの守護だ。神界には興味ないし、神々にも興味はない。魔王が現れたといっても、世界樹に危害を加えて来なければ放置するのが当たり前と考える連中である。

ただし一度戦闘を開始されると、相手を殲滅するか自分達が全滅するまで止まらないような危険な側面も持っているのだ。

女神様がエルフをきちんと制御できているなら、オレ達が呼ばれなかったんじゃないかと思うほどに。

彼らが世界樹の守護に次に興味があるのは、食事だ。

昔は興味がなかったらしいが、ある一定の時期を境に人間社会の多様性のある料理に目を向けたのである。

それらを入手するために、外貨の獲得をするためその戦闘力を売っている。

このイドリアルさんもその一人だろう。

あと嫁盗り、婿盗り。

エルフ達は常に強者であらんとしている。外界に自分達にとって有益である血を見つけると、それを取り込もうとするのだ。

そしてそれらの能力が顕著に表れるのが『冒険者』達だ。

エルフ達は強くも見目麗《うるわ》しい、その容姿を利用し高い能力を持った人間を囲い、時には攫い、子を成すのも外に出る目的の一つにしている。

搾《しぼ》り取られたクラスメートがいたとかいないとか。

怖い種族である。

「同胞がそんなに苦戦を？」

「流石のエルフでも三カ月物間攻め続けられたら疲れるでしょ」

魔王は悪魔の王だった。

オレ達と同じようにこの世界とは別の世界から来た異世界の存在だったという。

その異世界から、自分の眷属《けんぞく》である悪魔を呼び出して戦力にしていたのだ。エルフ達がどれだけえぐい戦闘力の持ち主でも、一つの世界から丸々投入された戦力が相手だ。終わりのない戦いに疲労しないなんてことはない。

結果として、魔力の枯渇や回復アイテムの不足によりとうとう世界樹のふもとまで攻め込まれていた。

ギリギリのところで間に合ったオレ達はエルフ達を回復させて回り、元気になったエルフ達が逆襲を開始。

その混乱に乗じ、聖女の白部《しらべ》奏と大神官の時巻《ときまき》小太郎《こたろう》の二人が魔王の世界も通じる穴をなんとか塞いだことで戦いは完全にこちら側に傾いた。

流石に幹部クラスになると、エルフ達とも互角以上に渡り合っていたが、最終的には幸一が叩き斬って世界樹での戦いは終結。

その勢いに任せてエルフのパーティのいくつかが魔王城に攻め入り、魔王に返り討ちされた悲劇があったが、闇の衣という魔王の絶対防御の情報を持って帰ってきてくれたのだった。

彼らの尽力が魔王討伐の一翼を担っていたのは間違いないだろう。

「そう」

「元気になってからすごかったけど」

本当に。

ダランベールの騎士団と行動を共にしているうちに、オレ達は普通の人間とは比較にならない力を持っているのが判明した。

そしてそんなウチのクラスメート達の純戦闘タイプに匹敵するほどの力を持つ者が、エルフの里には腐るほどいるのだ、あそこは魔窟である。

「当然」

「エルフは世界樹の守護者ですからね」

「ん、これも本物。同胞が世話になった。ありがとう」

エンブレムを返してもらう。

エルフの長の魔力の籠ったエンブレムは偽造できる代物ではないので納得してもらえたようだ。

伏し目がちになった顔を見る。

長いまつ毛と整った顔が魅力的な女性だ。

だが騙されてはいけない。彼女は魔窟出身の強者なのだから。

先ほども普通に矢を撃っていたが、地面に倒れたゴブリンの死体を矢で撃ちぬいてバウンドさせる程の力の持ち主なのだ、普通ではない。

もう一度言う、いくら美人だからといって騙されてはいけない。

「族長に認められた男、すごい」

「そりゃどうも。今度街で工房兼店舗を構えるので御贔屓にしてください」

口を動かしながらも地雷魔道具の血のりを落とし、それが終わったら中身の確認だ。

これは薄い箱の形をした魔道具だ。蓋を開けて中に土や血が入り込んでないかも確認を行う。

問題のない物は再び蓋を閉めて動作確認……まあ実際に踏んで動かす訳ではなく、側面のスイッチを押して風刃が出るかの確認だ。

最後に魔力を込め直して魔法のポーチにしまう。

それをいくつも繰り返していると、暇だったのか全員の視線がオレに集中してることに気づいた。

「何？」

「いや、職人だなぁと」

「そうやって道具を扱ってる姿を見ると、錬金術師なんだなとしみじみ感じるな」

「さっきの杖の魔道具も、すごかった」

「その肩の上で浮かんでるのも魔道具だろ？　どんなことができるんだ？」

「その綺麗なお嬢ちゃん達とはどこで知り合った？」

「お前本当は貴族なんじゃないか？」

なんか色々話しかけられたけど面倒だったから適当に返事をした。

とりあえず追加でゴブリン出て来る時があるから油断しないでください皆さん。

◇◇◇

「首尾は上々、と言ったところか」

「だな。森の表層部分範囲に絞ったからか、ゴブリン以外の魔物や動物は出てこなかったよ。更に広範囲にするとどうなるか分からないけどね」

無事にゴブリンの誘引効果も確認できたので、ソフィア様のいる本陣に合流。もっと試すべきだとオレは思ったが、ここまで効果があるのなら問題ないだろうとのギルフォード様の判断。

急ごしらえのテント、そこは戦場でいうのであれば指令室なのだろう。

赤い髪の兄妹が対話をしている。

絵になるが、片方は変態なんだぜ？

ギルフォード様がソフィア様に先ほどの戦果の報告をしているようだ。

他にもそれぞれの代表者が顔を連ねている。

「ライトロード、急ぎですまなかったな。だがお前のおかげで何とかなりそうだ」

「ありがとうございます」

周りの目もあるからしっかりと返事をする。

後ろの二人《ホムンクルス》が無駄に胸を張っている気がするが気にしない。

「効果範囲をもっと広げたうえで戦力を集中できる地点を絞った。場所はここだ」

森から伸びている川の側面部分を指さした。

「我々の姿を隠せる場所はないから相当距離を置くしかないのが難点だがな。念のため対岸にも弓兵を配置し、川を渡って逃げようとするゴブリン共も対応できる布陣だ。連中が森に逃げ込まないように、側面から囲うように騎馬部隊を先行させる。正面は冒険者が中心に対応、サイドは兵士と騎士の混合、森側の蓋は騎士団の騎馬隊が担う形だ」

この場にいるのは領主兄妹と騎士団の中心人物、それと冒険者チームのリーダー格に元マスターのおっさんだ。

現役のギルマスは既に街に戻ったらしい。会いたかったな。

「蓋をした後もゴブリンやそれ以外の魔物が出てくる可能性があるのではないでしょうか」

豪華な鎧を着た騎士の一人がソフィア様に質問を投げかける。

「その可能性を考慮して腕利きの冒険者チームとSランクの冒険者、それとボーガン殿を配置する予定だ」

「ボーガン殿を？　冒険者達の指揮は誰が？」

「ギルフォードが指揮を執る。問題ないな？」

「もちろんだ。私は冒険者達にも顔が効くからね」

イケメンの絵になるウィンク。

あれ？　何人か尻を押さえてない？

「……はぁ、まあ頼むぞ。私もそこに配置し、ある程度魔物が固まったら範囲魔法を放ってまとめて焼き尽くす。しかし取りこぼしが起きるだろうからな、お前達は各隊連携して取りこぼしの殲滅に当るんだ。騎兵隊の蓋が機能するか否かで、この地域に留まる時間が変わってくるからな」

「「「了解！　」」」

騎士達の返事にソフィア様が頷く。

「冒険者チームは前面に逃げてくるゴブリン達を相手にしてもらう。私が魔法を撃つ前に突撃してくる奴らも出てくるだろうし、何より後方を狙って私は魔法を撃つつもりだから数が多いと思う。ただ、相手をするのはゴブリン以外ほとんどいないから他と比べれば楽な仕事だろう」

「分かった。チームを組ませておく」

おっさんが頷いて作戦決行前までは自分が指揮を執ると頷いた。

「兵士達は横に逃がさないための盾だ。横に逃げようとするゴブリン達を川まで押し返してくれ。防御に長けたお前達の最も得意な仕事だ」

「「「了解！　」」」

恐らく兵士達のリーダー格の人間であろう人達が返事をしている。

「作戦の決行は明日の早朝から始める。全員に役割を徹底させるようにしっかりと準備と休息を与えてくれ」

「「「はっ！　」」」

「応っ！」

そうして話を切り上げると、騎士団や兵士達のリーダー、それとおっさん達がテントから出て行った。

オレ、どうしようかな。

「ライトロード、お前は私と同じく冒険者チームにいてくれ」

「わかりました」

特に反対意見もないのですんなりと頷く。

「あらかじめ香炉を設置しておいてもらいたい位置に旗を挿しておいた。遠目からでも見てわかるはずだ」

「はい」

「それと、中々の威力の攻撃魔法が撃てるようだな」

「できますけど、そこまで期待しないでください」

海東《かいとう》の魔法はもっとすごい。

「現状遠距離攻撃ができる人間が一人でも多い方がいい。私も取りこぼしの殲滅に加わるつもりではあるが、混戦になると厳しい。そちらでも活躍を期待してても？」

「オレも混戦となると手段が限られてるんですけど」

それぞれの道具の特性を把握できているし、状況に応じて使い分けることもできる。

しかし結局のところ専門外なのである。

だからオレは魔王城に乗り込む直前にパーティについて行くことを辞退した。

「できる範囲でいいさ。お前達も一仕事した後だ。ゆっくり休むといい」

「ええ、そうさせてもらいますね」

「……外だからといって、ハメを外すなよ？」

「この二人とはそんな関係じゃないですよ」

「そうか？　後ろの二人の表情を見てみろ」

そんな指摘はいらない。

「オレの精神衛生上、そういうのは見ないようにしてるんです」

とりあえず、馬車に戻って休むことにしようか。工房には劣るが、あの馬車も鉄壁だからな。

◇◇◇

「さて、これでセット完了ですね。いつでも起動させられます」

「手際がいいじゃないか」

「何度も使ったアイテムですからね」

領主であるソフィア様の立ち合いの元、香炉を予定地点にセット。

今回は大規模魔法後に乱戦になる可能性もあるので、地雷魔道具は置かず使い切りの爆弾を設置した。ソフィア様の爆炎魔法で火が付けば一緒に爆発してくれる代物だ。

とても危ない。

それと足止めができるようにゴブリンの餌となる生肉を所々に配置してある。食べたゴブリンが身動き取れなくなるように麻痺《まひ》毒を仕込んである。

前回同様、破壊されると困るので香炉の周りに防御柵を今回も張り巡らせた。

「こちら側から見ると壮観だなぁ」

「そうだな。頼もしい限りだ」

視界の先に見えるのは人の列だ。

川べり側に冒険者チーム、その横には兵士のチーム。

少し離れた場所には馬に騎乗している騎士のチームだ。それぞれ二〇〇人以上いる。

彼らは昨日のうちに鎧《よろい》や服に泥をこすりつけて匂いを消せるだけ消すよう努力をしている、正直色合いが茶色い。

「設定距離は最大にしましたけど、設定時間はどうしましょうか」

「二時間だな。森歩きに慣れている化け物連中ならそれだけの時間があれば大体外に出てこれるだろう」

まあ実際のところ、作動させて三〇分もさせたら今いる場所はゴブリンの海になっているだろう。

「そろそろ始めるか」

「了解」

ソフィア様が手を挙げて合図を送る、その合図を受けた待機していた人間達が全員地面に伏せたり姿勢を低くして、マントなり布団なりの布で体を覆い隠す。

声も上げずにその動作をするよう命令をし、徹底させているのは流石の統率力だと思う。

「起動させます」

それらの準備が終わるのを確認し、オレは香炉を起動させる。

オレは自分の馬に乗り、手を出してソフィア様も後ろに乗せる。

普通の馬なら匂いが残るかもしれないが、オレの馬はホムンクルスだ。生き物特有の匂いはないし、消臭液を全身に塗りたくっても暴れない。

手早くその場から離れると、後から焼肉のいい匂いが追いかけてきた。

「腹が減る匂いだな」

「本当に。腹が減ってる連中には堪えるでしょうね」

本陣に合流し、後方に下がる。

朝メシはちゃんとみんな食べたはずだが、どこからか腹のなる音が聞こえてきて思わず苦笑いしてしまう。

オレ達も伏せをして数分もすると、森から何匹かのゴブリンが走って出てきた。

予定通りだ。

「出て来た」

「しっ」

そこかしこから小さな呟きが上がり、そしてその呟きを叱責する更に小さな声が聞こえてくる。

こちらに気づき向かってくるゴブリンがいないとも限らない、緊張の一瞬である。

『ゲギャ！　ゲギャ！』

『グギャ！　グルグ！』

『ガウ！　ギャウ！　ギュアーウ！』

ゴブリン達が地面に落ちている肉の奪い合いを開始した。ゴブリン同士で戦っている。

そういった肉にありつけない者も柵に群がって声を上げ、肉にありつけたものは他のゴブリンから殴られようが噛み付いた肉から離れようともしない。

共食いも始まっている始末だ。

ある程度距離を取っている成果か、それとも連中が本当に肉しか見えていないからか、こちらを目指してくるゴブリンは見当たらない。

中には魔法を使うゴブリンや、明らかに体格の大きい者も見え始めてきた。

それらが重なり合い、柵の生んだ結界に沿うようにゴブリンが塔を作り始めた。

「まだいけるか?」

「どうでしょうね。今のところ気が付いている様子は見られませんが」

こちらも息をひそめているとはいえ、長時間同じ態勢でいるのは疲れるのだ。

森からまだポツポツとゴブリンは出現している。順調のように見える。

「はぁ、空が青いなぁ」

伏せの態勢を続けるのも疲れたので、仰向けになり空を見上げる。

雲一つない、とまではいかないがかなりの晴天っぷりだ。洗濯物が気持ちよく乾きそうである。

「作戦中だぞ?」

「いやぁ、オレはもうやることやったので」

オレの横で、同じく伏せているソフィア様が不満を漏らす。

「ソフィア様もどうです? 焼肉の匂いさえ目をつぶれば気持ちのいい陽気ですよ」

「……魅力的な誘いだ。事が終わったら試してみることにしよう」

「その時は死肉の匂いに目をつぶってください」

大量に生まれるゴブリンの死体でこの辺りの匂いが酷いことになっているはずだから。

「さて、騎士連中が逸りだす前に動くか」

「もういいんですか？」

「元より一日ですべてを終わらせるつもりはないからな。地点を変えて同じことをするんだから、多少取りこぼしが発生しても問題はあるまい」

◇◇◇

ソフィア様が合図をすると、伏せていた人の何人かが白い旗を持ち上げた。

連鎖的にそれが伏せている人達からいくつか持ち上がる。

ソフィア様が準備を始めた合図だ。

「さて、錬金術師の技は見せてもらった。ここからは魔法使いたる私の出番だ」

ソフィア様は中腰で立ち上がり、呪文を小さく唱え始める。

横で見ていると分かる、この人の体をめぐる膨大な量の魔力が。

「……」

ソフィア様が静かに立ち上がると、それを見た周りの人間達も同じように立ち上がる。

流石にこれだけの人間が一斉に立つと、それなりの音が発生する。

そもそも何かの遮蔽物に隠れていた訳ではなく、布で身を隠していただけだ。

ゴブリン達から見れば丸見えである。

「【灼熱の宝玉《ヴォルケーノ・フレア》】」

静かに呟かれるソフィア様の言葉に連動し、ゴブリン達の作っていた体の塔の直上より巨大な魔法陣が生まれ、一筋の赤い線が地面へと放射された。

【灼熱の宝玉《ヴォルケーノ・フレア》】海東もよく使っていた殲滅特化の炎の魔法だ。

放射された地点を中心に巨大な炎の力場が生まれ、辺りを焼き尽くす広範囲魔法。

その効果範囲は術者の実力に左右されるが、少なくともソフィア様の放った魔法の範囲は、見えているゴブリン達の大半を包み込んでいる。

そして、大爆発！

「っ」

視界が赤く染まりあがり、おそらくゴブリンの体の一部だったものが爆発と共に飛び散っていく。

「進軍開始っ！」

オレのセットしておいた香炉を中心に起こった巨大な爆発に呼応して、あらかじめ置いておいた爆弾も連鎖的に爆発している。

ゴブリン達の群れの外周部分に位置する場所にセットされていたそれは、ソフィア様の生み出した爆発には及ばないものの、何体かのゴブリン達を確実に仕留めていった。

「「「おおおおお‼」」」

残ったゴブリンは混乱して動きがめちゃくちゃだ。爆風の余波でダメージを受けた個体も多くいる。

食事を得ることに夢中で周りが見えていなかったゴブリン達の視界に突然現れた人間は、まさに彼らの命を刈り取る死神だ。

爆発に巻き込まれずとも、あまりの衝撃に呆然としていたゴブリン。

同族が突然炎に巻かれ、混乱のあまり辺りを走り周るゴブリン。

状況を冷静に確認し、森へと踵を返すゴブリンなど様々だ。

森へと踵を返すゴブリン達を中心に、大量の矢が降り注いでその行動を防ぐ！

「良し！」

ソフィア様が思わず拳を握りこんだ。

対岸の位置に配置しておいた騎士達の弓矢隊による攻撃だ。

ソフィア様の魔法で起こされた爆炎と土煙によってこちらからは良く見えないが、横から見ていた彼らからは森に逃げ込もうとするゴブリン達の姿が確認できるのだろう。

昨日オレと一緒にいたメンバーのような命中精度はなさそうだが、その分は数でカバーしている様子である。

「「「おおおおおおお‼」」」

矢の途切れた瞬間に、騎馬隊がなだれ込んでいった。

流石、訓練されている連中だ。馬上から的確に地面を駆け回るゴブリン達を強襲している。

「「「いくぞおおおおお！」」」

「「「おおおおお‼」」」

大きめの盾を構えた者を前面に寄せた兵士達も側面を塞ぐべく到着している。

森に近かったゴブリンには森の中に逃げられたが、騎馬隊を避けて横に逃げようとしたゴブリン達の行く手を阻むのが兵士達だ。

あの重そうな鎧や盾を装備しているのにあれだけ走れるのは驚嘆に値するな。まあ多少遅れてる人間もいるけど。

「矢を放て！　魔法を使える者は魔法で応戦だ！」

こちらで声を張り上げるのは冒険者達の指揮を執るギルフォード様だ。

冒険者達には突撃をさせず、遠距離攻撃主体だ。

「横の兵士や奥の騎士連中に当てるなよ！　当てていいのはゴブリン達と地面くらいだ！　ひどい奴は後で個室に呼ぶからな！」

この距離ならば相当の強弓だったり、貫通力の高い魔法以外は騎士達にあたらないだろう。横の兵士達に当らない様に気をつければ問題はないはずだ。

それにしても最悪な鼓舞をしてやがる。

「川向こう！　森が動いてるぞ！」

森側に異常がないか確認をしていた一人が声を上げた。

指摘された川向うを見ると、森の一角、木々の隙間から四本の大きな木がこちらに向かってきている。

「でかいな……エルダートレントか？」

「いや、トレントならあんなに上下しない。あの動きは！　セーナ！　リアナ！」

「はい！」

「ええ！」

オレは声を上げて、後ろに下げて伏せさせていた錬金馬を立たせて背に跨《またが》る。

リアナに手を貸し、後ろに乗せてソフィア様に声をかけた。

「あれはオレが貰います！」

「あ？　おい！　ちょっ……」

横に広がる冒険者チームの後ろを馬で走る。

セーナは追走させる形だ。セーナはこの馬より早く走れるからだ。

「マスター！　あれは！」

「ああ！　絶対に冒険者達より先に着くぞ！」

森からの追加を防ぐ役を持っているのは上級冒険者達だ。

彼らの範囲は川の向こう側にいる弓隊の後ろも担当となっている。

彼らより先にたどり着かなければ！

焦る気持ちを抑えつつ、川を馬で一気に渡る。

ホムンクルスの馬の蹄は水面を蹴りその上を走らせることができるので、速度が落ちる心配はない。

「マスター！　あれ！」

その川を大きくジャンプし、飛び越えている最中のセーナがオレに声をかけてきた。

その視線の先には、やはり水面を走るエルフの女性。

イドリアルさんだ。

「くそ、厄介なっ」

一番来てほしくない人だ。

川を渡ろうとするゴブリン達を攻撃している弓隊の皆さんの後ろを抜けて、森の間近まで速度を落とさずに馬を走らせる。

ちっ、間に合わないか。

「はあああああ！」

「セーナ！」

「はいっ！」

オレ達が森の手前に来る前に、その木の本隊は森から顔を出していた。

そしてオレ達より先にその魔物の前に到着していたのは一人の女性。

彼女の攻撃を邪魔するように、セーナが弓を放ってイドリアルさんを牽制《けんせい》した。

「何を！」

「マスターの邪魔はさせないっ！」

足元に飛んできた矢をバックステップでかわしたイドリアルさんは、セーナに向かって剣を構えた。

ああ、いきなり戦闘モードになっているっ！

「イドリアルさんっ！　こいつは……」

「敵なら倒すっ！」

だからエルフは嫌いなんだああああああああ！

「あれはマスターの獲物ですっ！」

「わたしの仕事は後ろの警護！」

そんな二人に降り注ぐのは、折れた木々。

先ほど姿を現したシカの様な魔物が近くに生えていた木を蹴り飛ばしたのである。

二人はそちらを見もせずに飛びのきつつ、お互いに視線を外さない。

「セーナ！　無理するなよ！」

「セーナはマスターの助けになるっ！」

そう呟きつつ、メイド服についているエプロンドレスに弓を仕舞う。そして両手に金属加工された手甲を取り付けて足を半歩に開き構えた。

勿論その相手はイドリアルさんだ。

「【浮遊する絶対防御《フロートガーディアン》】！　セーナを守れ！」

オレの両肩の上に浮いていた二枚の盾がセーナの両肩の上につく。

「ご主人様、それではご主人様が危険になります！」

「エルフと比べれば魔物なんて危険のうちに入らないよ」

セーナの実力では、外に出稼ぎに来ているエルフには届かない。

しかし、一度戦闘モードになったエルフは相手に手加減できるような優しさは持ち合わせてはいないんだ。セーナが危険すぎる。

「それよりも、オレ達はあれの相手をしなけりゃならん」

そこにいたのは、二〇メートル近い体躯を持った筋肉質の鹿である。

頭の上に木が角の様に生えている。

「早々お目にかかれて嬉しいよ、トレントディア」

明らかに怒った表情をしたその鹿は、オレに視線を向けると強く鼻息を噴き出した。

トレントディア。

その魔物は、巨躯を誇る森の守護者だ。

強靭な毛皮に囲まれた体はあらゆる刃物を弾き、筋肉質のその足から繰り出される蹴りはあらゆる生き物を吹き飛ばす。

頭には角の代わりにトレントを生やしている。本来のトレントは地面に生えるが、こいつはこの鹿の頭に生えているのだ。

大地から栄養をもらう代わりに、鹿から栄養をもらっている。

森の中で出会っても、決して怒らせてはいけない魔物の一種である。

「森から引き離すぞ！　弓隊からもだ！」

オレは片手に昨日使った杖を持つと、その先端の魔核を別の物に取り換えた。

リアナの両手に力がこもる。

今までよりも強く抱き着いてきたのを確認すると、トレントディアの前足の足元に杖の先を向ける。

「火弾」

杖の先から火の魔法の球がいくつも飛び出していき、トレントディアの手前の地面にぶつかり小さな爆発を生み出した。

その炎を見て、トレントディアの表情が更に険しくなる。

「ご主人様！　怒ってます！　すごく怒ってますよ！」

「そりゃあ僥倖《ぎょうこう》だ！」

トレントディアが森の守護者と呼ばれる所以である。

あいつは森の中の火消し屋だからだ。

魔物ではあるが、火災を未然に防いでくれる益獣でもある。

トレントディアに襲われた冒険者の大半は、彼らの縄張りで火をつかったからである。

彼らがこの場に顔を出したのは、ソフィア様の爆炎が彼らのテリトリーから見えたのだろうか？

おっさんの言う通り、生き物の生息域が変わっているようだ。

こいつはこんな森の表層部に顔を出す魔物ではない。

「ほーらほら！　こっちだよ！」

オレは挑発しながら火弾を放ち、戦場を森から離す。

こいつらの危険なところはその脚力に物を言わせて岩や木々を蹴り飛ばす攻撃だ。

体がでかいから飛んでくるものもでかい。

川の近くだと石が転がっているから草原エリアで戦わないと危ないのである。

馬を走らせながら、リアナに地面にとある物を撒かせる。

『グルルルルルル』

『ブルルン！』

思いのほか高い声で唸り声を上げる二頭。

どちらも立派な体をしている。素材にするには申し分ない。

二頭がオレに狙いを定めて走ってきた！　あの巨体ではすぐに近寄られてしまう。一歩で五メートル以上距離を詰めて来るのだ。そして直接蹴られでもしたらオレの体は文字通りボロ雑巾になってしまう。

「ご主人様、準備できました！」

「よしっ！　目を瞑れ！」

二頭の顔がこっちを完全に向いたので、後ろに向かって丸い球を投げた。

その球は地面に当ると同時に、強烈な光を放つ！

『っ！』

二頭は声にならない悲鳴を上げる。トレントと名前はついているが、物を見ているのはあの顔の目である。

突然視界が奪われたトレントディアは急停止。

「発芽」

オレは指を鳴らして合図を出す。

先ほどまで、リアナが地面に撒いていた種が一気に成長した。

そこから這い出た植物は、一気に根を広げつつツタを伸ばしてトレントディアの体を縛り上げていく。

大地をがっちりと掴んだ太い根と、細いながらも強靭なツタがトレントディアを拘束する！

『グムム』

『グルム……』

口も固定したので唸ることしかできないトレントディアだ。

「よし、採るか」

その時、片方のトレントディアが倒れ伏した。

その横にいたのは、エルフのイドリアルさん。

彼女の剣が、トレントディアの首筋を捉えていたのである。

◇◇◇

「はあああああ！」

「何？　というかさっきから何なの？」

「セーナを無視しないくださいっ」

「うるさい」

「きゃうっ！」

そっぽうちでセーナが吹き飛ばされたっ！

あっぶね、盾渡してなかったら致命傷だったかもしれない。

「くそ、これは貴重品だから使いたくなかったのに……」

魔法のポーチから小さな巾着袋を取り出して、イドリアルさんに投げる。

それに顔を向けるイドリアルさん、剣で袋を切り裂いた。

あの人今、眼をつぶってなかった？　もしかしてさっきの閃光玉で視界潰れてる？　え？　それでセーナ倒したの？

「今度は何……を、Ｚｚｚ……」

超が付くほどの強烈な睡眠粉だ、夢を操るナイトメアまで眠らせるほどの強烈な睡眠粉。もう二度と手に入らないレベルの貴重な素材をふんだんに使った強烈な代物である。

「セーナ、平気か？」

「は、はい。申し訳ありません、お借りした盾も壊してしまって……。ご主人様」

「いやいい、相手はエルフだ。仕方ない。無理をさせたな」

まさしく常識の外の存在なのだ。

頑張ったセーナの頭を撫でながら、空いた手でセーナの手を握った。

そこから手を通して魔力を注いであげる。

手は核から遠いから背中から供給するよりも負担が大きいが、こんなところでセーナを脱がせる訳にはいかないので仕方がない。

ここまでダメージを受けると、マナポーションでは回復しきれないだろう。ホムンクルスはポーションや回復魔法では回復しないし。

「ちょっ、急に……ううんっ！　はぁっ」

頬を赤らめつつも、オレの手を放さないセーナ。

「マスター、そろそろいいんじゃないですか？」

若干不機嫌そうにリアナが言う。仕方ないじゃない、治療だよ治療。

「さて、縛り上げる力が弱まらないうちにやりますか」

一匹はイドリアルさんによって倒されてしまい、頭のトレント部分が枯れだしている。

ダメージを受けていない方は、鋭い瞳でこっちを睨んでいるが動けないようにしてあるから怖くない。

オレは全身をからめとっているツタを足場にトレントディアの体をよじ登り、頭を目指す。

うう、結構登りにくいな。

「よっと、立派なトレントだな」

オレは更に頭のトレントの一番上を目指す。

トレントディアのトレントは回復能力に特化しているため、鹿の部分を抑え込むことができれば反撃はしてこない。

こんな事態になるなら木登りに役立つ魔道具とか作っておけばよかった……やっぱいらないか。

上から二番目の枝に足を乗せ、頂点の枝の状態を確認する。うん、流石の大物。

トレントの葉も実にツヤツヤしている。

「すまないな、ここだけもらうよ」

ポーチから小さなノコギリを取り出してギコギコと枝を切る。

切り取ったあと、素早くポーチから専用のケースを取り出して収納。その上でポーチに仕舞いこむ。

「さて、もう一本の方もいただくか」

トレントディアの角トレントは二本ある。同じ作業を再度終わらせて、トレントから下を覗き込む。

う、高い。

「迎えに来たわよ、ご主人様」

「悪いな、もう落ち着いたか？」

「さ、最初から落ち着いてたしっ！」

オレの魔力で体の損傷を直し、満足に動けるようになったセーナが登って来た。

ツンツンしながらオレを背負ってトレント部分から地面に飛び降りてくれた。

これはこれで怖いけど！

「さて、もう一体の方は……」

そちらに目を向けると、ちょうど倒れてたトレントディアが目を覚ました。

頭のトレントが体のダメージを修復させたのである。まあその結果、トレント部分が冬の木々の様に枯れて葉が落ちてしまうのだ。

「あっちはやっぱり採取できないな。リアナ」

「はい、マスター」

リアナは二匹の身動きの取れないトレントディアに視線を向けて、魔力の籠った声で語りかけた。

「ここはあなた達の住む場所じゃないでしょう？」

相変わらず威圧感がすごい。大きな声なんて出してないのに。

語りを聞くトレントトディアの表情は相変わらず厳しい。

「ここはあなた達の住処ではないわよ？　こんなところで何をしているのかしら？」

トレントディアの視線はリアナにくぎ付けだ。

「もう一度言うわ、ここはあなた達の住処ではないわ」

その言葉と視線に、トレントディアの目元がわずかに揺れる。

「分かっているわね？」

『グルルル』

『クウン』

トレントディアが、子犬みたいな声で喉を鳴らす。

そして二頭とも目線をわずかに逸らした。

「聞いています？」

ビクッとトレントディアの体が震えた。

なんだろう、心なしか汗をかいている気がする。

「ここはあなた達の住処ではない、分かっていますよね」

身動きが取れないはずのトレントディアの首が上下に動く。

うん、戦ってた時より力強い。

「分かったわね？　これからあなた達は後ろを向いて、本来の住処に帰るのよ。他のことには目もくれず、真っすぐに帰るのよ？」

ブンブン、と首を上下させるトレントディア。

「マスター、もう大丈夫です」

「そのようだな」

オレは手を叩くと、トレントディアを拘束させていた植物のツタが枯れだしていく。

倒れていたトレントディアはゆっくり立ち上がり、立っていたトレントディアは背を伸ばしている。

一度こちらに視線を向けたが、すぐにリアナの視線に気づき後ろを向く。

そして、オレに襲い掛かって来た時よりも素早く森へと帰っていった。

リアナは【ビーストマスター】の篠塚宏美《しのづかひろみ》と聖女の白部奏の能力を継承できるように作成したホムンクルスだ。

篠崎のようにいきなり魔物を完全に支配するほどの力はないが、こうやって行動を誘導させることはできる。

それと、回復魔法や補助魔法も使える。

「マスター」

「あ、ああ。ありがとう。よくやった」

頬を赤らめて、リアナが頭をこちらに突き出す。

はい、撫でろってことですね。

撫でます撫でます。

「ますたぁ」

不満そうな声を出すリアナ。はい、魔力ですね。どうぞどうぞ。

リアナは肉体に損傷はなく、ただ魔物を操るのに魔力を使っただけだ。セーナと同じように手を握ってあげて先ほどよりも少なめに魔力を注ぎ込む。

「はぁ、ますたぁを感じます……」

頬を上気させ、瞳を潤ませる。

「ご主人様、エルフの方はどうします？」

「ああ、馬車に入れて運ぼう。ここには放置できないからな」

地面に転がり、静かに爆睡しているイドリアルさんをセーナに運ばせ、ポーチから出した馬車に乗せてもらう。

ああ、馬車を曳いてると水面を走れないんだよな。どうやって向こうに渡ろうか。

◇◇◇

遠回りして対岸に渡れる橋まで行き、もう戦いが完全に終わった領主達討伐軍に合流した。

「すいません、勝手に持ち場離れました」

「いや、構わないさ。お前の仕事は香炉の設置をした段階でほとんど終わっていたんだからな。まあお前の戦闘力の方も見てみたい気はしていたが、次の機会に期待しよう」

大量のゴブリンの死体ができてしまったので、それらを処理するのも大変だ。

唯一素材となる魔石もいちいち取っていたらいつまでも片付かないため、いくつも穴を掘ってそこに投げ込んでいる。

油もタダではないので、ソフィア様も含めた炎の魔法が使える者達が死体燃やしに励んでいた。

そんなソフィア様に、勝手に動いてごめんなさいと謝りにきました。

「遠目でしか見えていなかったが、トレントディアの対応をしていてくれたのだな」

「やぁ、あいつの素材が欲しくてつい」

「その辺の考え方は生粋の錬金術師だな」

「貴重な素材は逃せませんから」

職業的にはマスタービルダーですが。

物作りを生業としている人間は大なり小なり似たような傾向があるようだ。

「ところで、Sランクのイドリアルがそっちに行ったらしいのだが？」

彼女は未だに馬車の中でおねんねです。

「あー、色々あってオレの馬車で休ませてます。念のためセーナを置いてますので」

「そうか、無事ならいい。ボーガン殿にも伝えおこう。それよりもだ」

「はい」

ソフィア様が自分の魔法の爆心地に指をさす。

「なんで私の魔法であれ壊れてないんだ!?　おかしくないか!?」

「壊れないようにしましたから」

香炉の周りの柵はスーパー鉄壁だ。

香炉をまた作るのが面倒だから壊されたくなかったんや。

「ゴブリンの討伐具合はどうです？」

「壊れないように……結構魔法には自信があったのだが」

「あれはあくまでも侵入防御のための柵ですから、でもあれだけの火力の中心にいれば中に人がいたら熱で死にますよ？」

「そ、そうか！　そうだよな！　それで、ゴブリンの討伐だが」

「はい」

「一〇〇〇を超えたあたりで数えさせるのをやめた。燃え尽きたりバラバラになった個体も多いし、元々の数がいくらいたか分からなかったからな。まあそれでも頑張って数えてた奴がいて六〇〇〇くらいいたとは言っていたがな」

まあ見える範囲、ゴブリンで埋め尽くされてたからね。

「まだ森にはいくらかいるだろうから、今日と同じようなことを何度かやるつもりだ。その香炉は他の人間でも使えるようにできるんだよな？」

「はい、防御柵もただ並べるだけですから誰でもできますし」

「そうか、今後は兄上に使わせたいと思っている。というか、お前を街に戻すのが兄上の希望だ」

「店舗の開店、早めたいんですね」

「というか冒険者達を戻したいのだろうな。ギルドの依頼も滞っているだろうし、冒険者の少ない街は安全性に疑問が出る」

どこにでも冒険者はいる。いるはずの冒険者がいない街は問題がある街だ。

実際あの街もゴブリンの軍勢が近くに現れる問題に冒険者が駆り出されたからだ。

そろそろ街を平時に戻したいのだろう。

「わかりました。ギルフォード様は魔力の扱いは？」

「あいつは聖拳士だ、もちろん使えるよ」

「それじゃあ帰る前にギルフォード様で登録しておきましょう」

「助かる」

「こういう場合のレンタル料、いくらぐらいが適正なんですかね？」

「……ふむ、伯爵として徴収すれば問題ないか？」

これ以上報酬を払う気はないらしいようだ。

…………まあ、ジジイのお孫さんだしサービスしときますか。

くうっ。

◇◇◇

「……お腹空いた」

「おはようございます。ゆっくり眠れました、よね？」

色々と引き継ぎをしたうえで、戦場を後にした。

その間もイドリアルさんは起きず、おっさんに相談したらそのまま連れて帰ることになった。

街についても起きなかったので、とりあえず部屋に寝かせておいたのだ。部屋いっぱいあるし。

「どれだけ寝てた？」

「三日くらいですかね」

オレが使った睡眠粉はスーパー強力だったというのもあるが、彼女は一週間以上野宿生活だったのだ。疲労も溜まっていたのだろう。

「この家、壁板も床板も世界樹素材……あり得ない」

「あははは」

「起きられましたか？」

「ん」

「それじゃあ、まずお風呂です」

「お風呂？」

「野宿続きで、しかもその後寝ていたのですから。お休み中に、お体を何度かお拭き致しましたが、やはり湯に入っていただかないと綺麗にできません」

リアナが意気込んでいる。

「セーナが食事を作っている間にお体を清めます。リアナもご一緒しますのでお風呂です」

なんかリアナ、妙に気合が入っている。

「不潔な方とマスターがお食事をご一緒されるなど、ありえません」

「ふ、ふけつ……」

あ、イドリアルさんが本気で凹んでる。まあ女性だもんね、汚い認定をもらうのは辛いよね。

「野宿が続けば当然汚れます、ですから綺麗にします」

「よ、よろしく」

リアナに連れられてイドリアルさんがトボトボと消えていく。

セーナは苦笑いしながらキッチンに向かい、色々と準備を始めた。

「ああなるとリアナは止まらないわね」

「そうだな」

キッチンからいい匂いがする。

ほどなくして、リアナがイドリアルさんを連れて出て来た。

「さっぱり」

「あ、うん」

長期間の遠征でくたびれていたその黄色い髪の毛は、艶やかな色を取り戻し彼女の顔を彩っている。

地下の扉の向こうのオーガ族の民族衣装、チャイナ服のような止め方をする部屋着。そこから伸びる長く細い手足からセクシーさを感じてしまうのは、やはりエルフが美人だからだろうか。

スレンダーなスタイルに姿勢も良いため、一挙手一投足が絵になる綺麗な女性だ。

お風呂上りの女性特有の匂いも鼻孔をくすぐってくる。

「お風呂も世界樹、頭おかしいの？」

「拘りたくて」

一度に五人くらいまとめて入れる大きいお風呂である。

今はオレとリアナ、セーナのしか使っていないが。

そしてセーナの配膳した食事を開始。

「……二人は食べないの？」

「オレ達の後でだな」

「ああ、あなたの……あなた、名前は？」

「ライトロードだよ」

「そう、ライトのホムンクルスね。食事いらないのね」

見た目は完全に人間のはずの二人の正体を。すごいな。

「飲み物は飲めるよ。味覚もあるから食事も作れる。味見したら吐き出すけどね」

「言わないでよ」

「ごめんごめん」

マナポーションを摂取する関係上、飲み物は受け付けるように作った。

「美味しい」

「ああ」

「おかわり」

「はい」

「こっちも」

「はい。これもですか？」

「パン、ふかふか」

幸せそうに食べる人だなぁ。そういえばエルフ達との食事、賑やかだったな。

オレは早々に食べ終わったので、食卓に用意された紅茶を飲む。

「美味しかった」

「どうも」

「ここは里にいるみたい、落ち着く」

「そりゃ何より」

「ここに住む」

え？

「は？」

「え？」

「はい？」

思わず三人で聞き返してしまった。

「ここに住む、宿代も払う」

「いや、でも」

「ご飯美味しい」

「や、そうだけど」

「ここに住む」

「や、イドリアルさん？」

「イドでいい、家族にはそう呼ばれていた」

戦闘時並みに力のある眼力で言われました。

まあ、部屋も空いてるので……いいか？　この人、強いし。

第三話　錬金術師と不足気味のマナポーション

「おししょーさまっ！」

「いらっしゃい、ミーアちゃん」

討伐隊から帰ってきて三日。カウンターやら棚やらは既にできていて納品するだけの状態だったので、すんなりと受け取り開店準備。

現金がもっとあれば店舗なんかやらなかったが、色々作るのに自分が獲りに行ってたら時間がいくらあっても足りない。

冒険者に取りに行かせるなら金がかかるし。

まあ準備金としてもらった金とゴブリン討伐の報酬があるから懐は温かいけど。

「お店ができてますっ！」

「そりゃあ、お店だもん」

元々は会議室だった。クラスメート全員でミーティングできる広さ。

工房部分や自宅等を含めれば、体育館くらいの広さはある。

もっとこぢんまり作りたかったけど、女子達がね。

今は大工達がカウンターやらを所定の位置に運び込んでくれている。

ここは土間だが、壁は世界樹。釘《くぎ》で棚に固定なんてできないのでピンチで代用だ。

「カウンター、この辺でいいのか？」

「ああ、カウンター裏にも色々置くからね」

金額の高いポーションや危険度の高い薬は一般人の手の届く場所には置けない。

表の棚に置くのは安価な一般人用の薬と普通のポーションより高いがジュース感覚で飲める味付きポーション、それと解毒薬などの冒険者達の需要の多い物だけ並べる。

診療所の代わりにも面倒だがなってしまうので、折り畳み式のベッドも設置してある。

診察はリアナにお任せである。

「マスター、カウンターもっと寄せたい」

「ご主人様、カーテンの色はどうしましょうか？」

「わ、きれいな人ですっ！」

青と白の基調としたメイド服からピンクと白の店員制服に着替えたセーナとリアナだ。

こんな服が用意されているのはオレの趣味ではないと言っておく。

本人達が嫌がった時のためにズボンも用意してあるが、二人ともロングスカートだ。

「ライト、このハイポーション美味しい」

「勝手に飲んでんじゃねぇ！」

役に立たないエルフだ。

オーガの里のチャイナ服風の服が気に入ったのか、部屋着にいつもソレを着ていた。

「え、えるふさんです」

普通、子供はエルフに近づいてはいけません。と教育を受けておりますからね。

「子供、頭からバリバリ食べる」

「ひゃうっ！」

ミーアちゃんが慌ててオレの後ろに隠れた。

「コラコラ」

「むう、エルフジョークなのに」

悪いことをしたらエルフに食べられちゃうよって言うのは一般的な子供の躾《しつけ》に使われることがある。

神界の出入り口のある世界樹を守っているエルフは、神兵と崇められていた時代もあるからだ。

出稼ぎに来ているエルフがいるとはいえ、やはりエルフを見ることは少ない。

ミーアちゃんはここ一カ月、冒険者ギルドに出入りしていたからイドを見かけたことはあった
かもしれないが、ここまで近づくことはなかったんだろう。

「マスター、弟子をとったのですか？」

「や、ちょっと教えただけ」

正式に弟子にするつもりはない。

生活を支えるためにポーション作りと、魔道具の基礎を教えただけだ。

やはり正規の手段で錬金術師を育てている学校に行くべきである。

「ふむ、小さいですね……可愛い」

「えっと、や。ひゃう」

セーナはしゃがみこんでミーアちゃんの顔を覗き込む。

頬を撫でたり髪をいぢったり、服をつまんだりした。

「いいですね。セーナとお風呂に行きましょう」

「へ？」

セーナがミーアを小脇に抱えて居住エリアに向かう。

「あの？　えっと、えええええええ⁉」

セーナは可愛いもの好きだからなぁ。扉の向こうのオーガの里でも子供をお着換え人形にしていたし。

「じゃあわたしはギルドにいくわ」

「あ、オレもいく。リアナ、あとは任せた。お前とセーナが店に立つんだ、働きやすいように作ってくれ」

「え？　あ、はい！」

オレはリアナに後のことを任せる。ついでにミーアちゃんのことも任せる。

うん、ホムンクルスは便利である。

◇◇◇

ギルドに到着したオレとイドだが、妙に注目をうけてた。

「おい、イドリアルさんが男連れてるぞ」

「しかもおしゃれだ」

「なんかいつも以上に綺麗……」

「お姉様……」

イドは流石にエルフだからか、このギルドの有名人らしい。

「あいつ、錬金術師のライトロード様じゃないか？」

「なに？　あいつが、我らが女神、ミーア嬢をお救いになられた救世主殿か」

「あのイドリアルをもてなづけるとは……」

「いけめん……」

なあ、最後のイケメンって言ったやつ女だよな？　そうだよな⁉

「お待ちしておりました、ライトさん」

「ああギルマスはいるかい？」

「ええ、お部屋までお通し致します」

「ライト。わたしは、適当に依頼見る」

「あいあい」

イドを置いてギルマスの部屋に連れていかれる。ノックと共に中に入ると、幸の薄そうな青年が疲れた顔で座っていた。

「いらっしゃい、ライトロードさん」

「お疲れのようだな」

不在の間におっさんがため込んだ書類と、おっさんに引き継がれた仕事で机の上が溢れていた。

「いやぁ、このドリンク、効きますね」

「だろ？　一週間は寝ないで仕事ができるようになる代物だからな。その後二、三日寝込むけど」

「ああ、休みが欲しい。書類見たくない」

「事務員でも雇うんだな」

ファイトな一発ができる素敵なお薬だ。

「はい、予定していた書類です。ボクの印鑑は押しておきましたので、確認とサインをお願いします」

オレは来客用の机を借りて書類を見る。

それはハイポーションや解毒薬などの錬金薬の売買契約と各種瓶の回収契約書だ。

おっさんとは口頭でしか約束をしてないから、こうしてギルドの代表者と正式に契約をしなければいけない（ギルド側が）。

コピー機がないこの世界では全部手書きで、内容があっているかを双方見比べてからサインをしなければならない。

ミーアちゃんとギルドとの契約、親父さんの名前でされていたため無効になっていたので一緒に手続きをした。家に戻ったらミーアちゃんにサインをさせないといけない。

「あ、誤字」

「え⁉」

「うそうそ、冗談だよ」

この手書き作業、すっごい面倒なのだ。

片方書いたら、もう片方を全く同じに作らなければならない。

修正液なんて素敵な物もないので、一か所でも間違えてたら書き直しなのだ。

「し、心臓に悪い冗談を」

「悪かったって」

このギルドマスターさん。名前はスピードリー。

元々Aランクの冒険者チームで魔法使いをしていたらしい実力者。おっさんいわく、化け物。パーティメンバーが結婚、そして解散となったため浮いていたところをおっさんが捕まえて職員にしたらしい。

スピードリーは字も上手だったため、ギルド内の書類全般を任される立場にするのがいいだろうということで昇進。

たまたまギルド内の書類全般を任される仕事というのはギルドマスターだったのである。

おっさんが楽をするために抜擢されたと言ってもいいだろう。

「お店の方はどうです？」

「いま棚とかカウンターを付けてるとこ。不足な物がなければ明日には開店できるかな」

「よかった。ポーションはともかく、解毒薬なんかはミーアちゃんにお願いする訳にはいかなかったから助かるよ」

「解毒薬は色々種類が必要だからな」

毒を持つ魔物の種類だけ解毒薬が必要になると言っても過言ではない。

教会にいけば解毒魔法を使える人がいるだろうが、冒険に連れていけない以上解毒薬がないこと自体がそもそも問題なのである。

「冒険者達も無知だと間違った解毒薬を持っていったりしますけどね」

『解毒薬が効かない』なんて騒動の大半がそれが理由だ。マムシの毒を食らったのに毒蛙の毒用の毒消しを飲んでも助かる訳はないのだ。

「まあ契約書はこれで問題なさそうだ。オレのサインはここでしていくよ。ミーアちゃんのはオレから渡しておく」

「説明も頼むよ。我々が言うよりもジェイクさんと同じ錬金術師のライトロードさんから説明受けた方が安心するだろうし」

「オレは緩衝材かなんかか？」

ご近所さんだからいいけど。

「ああ、それと依頼というか相談というか」

「相談？」

「このリストの素材を探してるんだ。こっちは冒険者達に普通に依頼をできるタイプで、こっちはオレが直接獲りにいかないといけない素材」

「錬金素材か。わかった、過去に獲れた場所なんかを調べさせればいいかな？」

「そうだな。それと大まかな値段も。金額によっては自分で獲りに行くし」

「明らかに頭のオカシイ単語が目につくけど……とりあえず情報だけならギルドの資料室でも調べさせられるから職員を使って探させておくよ」

「ああ、頼んだ」

この辺の素材を手に入れないと、この街にきた意味はないからな。

◇◇◇

ギルドの受付カウンターまで戻ると、依頼票の貼ってある掲示板の前でイドが手を組んで難しい表情をしていた。

そして、そんなエルフがいると怖いからか掲示板とイドの周りから人が消えている。

おい、冒険者共。オレに助けを求める視線を向けてくるんじゃねぇ。

「なんかいい依頼あったか？」

「ん、これ」

イドが取り出したのはゴブリン討伐の再参加の依頼だ。

この間参加した感じ、安定してゴブリン狩りができるようだが、怪我人も出るだろうしゴブリンの死体片付けなんかが続けば逃げ出そうとする人間も出るかもしれない。

前回はギルフォード様がギルドに要請した強制依頼だったから報酬が良かったらしいが、この再参加の依頼は多少値下がりしている。

それでもゴブリンを倒し片付けるという依頼の割には報酬が高い。

「おっさんも元Sなんだし、他にもSランクのパーティがいるからイドの出番はないでしょ。そもそも拘束時間が不明な依頼に今イドが出るのはまずくないか？」

Sランクはギルド内でも特別な存在だ。

「むう、報酬はいいのに」

「マジで言ってんの？　あ、ここに三枚の依頼があります」

オレは壁に貼ってあった依頼書を三つ取り、イドに見える様に並べた。

「ええ」

「一つは一〇〇〇〇ダラン、一つは五〇〇〇ダラン、一つは三〇〇〇ダラン。どれがいいでしょう」

「一〇〇〇〇よ」

「違います」

「……なんで？」

即答で否定したから、若干不機嫌そうに聞いてきた。

「こっちの依頼は期間が三日で一〇〇〇〇、こっちは一日で五〇〇〇、でこっちは三〇〇〇だけど、依頼票をよく見て」

この三〇〇〇の依頼票はビッグボアで一頭の討伐依頼だ。

「複数買い取ってくれるのであれば、四頭で一二〇〇〇の報酬になる」

はっとした表情になるイド。おい、大丈夫かこいつSランクで。

「こっちは五〇〇〇だけど同じ依頼が三日続けられれば」

「「「　おおおっ！　」」」

「一二〇〇〇！」

「一五〇〇〇な」

おい冒険者達、なんでお前らもどよめく？

「こういう風に依頼を選べば短い時間で多く稼ぐことが可能だ。それに日帰りの仕事を選べばイドの好きな屋台の串焼きが」

「毎日食べられる！」

「毎日は飽きるだろ……」

「飽きない自信がある」

そこは胸を張るところじゃないと思うよ。

「今までどうやってたんだよ……」

「ボーガンが選んでくれてた」

「いいように使われてただけなんじゃねえの？」

討伐系の依頼であれば大体クリアできるのがエルフだ。危険度の高い厄介な依頼や、人気のない塩漬けになった依頼なんかを押し付けられていたのではないのだろうか。

「次から依頼を受ける前に相談してくれ」

「そうする」

おっさんが変な依頼をイドに渡すとは思わないけど、急に長期間依頼で街を離れられたりしたらご飯を作るセーナが困るだろう。

五人前の食事から一人前の食事に代わるのだから（イド四、オレ一）。

「さて、今日は帰るかな」

「待って」

「え？　何？」

「私の依頼選んで。ボーガンがいない」

「薬草でも摘んでこい、面倒くせえ」

◇◇◇
「マナポーションがない？」

「はい、マスター」

お店の準備はあらかた終わったようだが、いくつか足りない売り物があった。

その一つがマナポーションである。

「あんなにいっぱい作ったのに」

「あ、あれはリアナ達の分ですから！」

「セーナがもらったのよ、他の人になんか売るもんですか！」

「ああ、そういえばそうだった……」

クラスメート達が帰って、しかたなく王都に帰った時にリアナとセーナと別行動になっていた。

その間直接魔力の供給ができなくなるからオレが個人で使う分のマナポーションを除いて、残りのマナポーションは二人にあげたのだった。

「マスターがどうしてもと言うのであれば……どうしてもと言うのであれば手放しますが」

「ご、ご主人様が困るなら、セーナ我慢する」

この世の終わりみたいな顔をしないでほしい。

「仕方ない、作るか。てか魔草も足りないよな」

二人のために魔草をありったけ使ってマナポーションを作ったから。

「ちょっと向こういってくる」

「お供します」

「いらないいらない。お店の準備しといて」

手をひらひらさせて地下へと続く階段に。あ、酒樽いくつか持ってかないと。手提げに入れておこう。

階段を下りたらすぐに一枚の扉だ。この扉は魔力を登録してある人間にしか使用できない扉だ。

中に入ると廊下が伸びており、左右に扉がいくつも並んでいる。

その扉は過去に冒険した際に世界中に作った隠れ家への転移魔法陣となっている。ドアさえセットしておけば自由に行き来できるようになる素敵ドアだ。

「オーガの島っと」

扉に目的地をちゃんと書いてあるので、間違える心配はない。

何気に世界樹の隠れ家にも繋がってるから、イドを里帰りさせることも可能だ。

扉を開けると、同じように廊下に出る。ここは一本道だ。

オレの工房が中心なので、こちらには工房へ続く扉しかない。

やはり地下に作ってあるので、廊下を抜けて階段を上がるとそこは工房と比べると小さな一軒家。

特に用はないのですぐに外に出る。

外に出ると、海の臭いが鼻をくすぐる。

「みんな、久しぶり」

「おひすしぶりっす、道長様」

「おっさすぶりです！」

家の外は海に囲まれた広い島である。

オレに気づいて駆け寄ってきたのは、赤い肌と筋肉質な大きな体。そして頭に角の生えた種族、オーガ族だ。

人族の一種だが、魔物のオーガと見た目の区別がつかない種族である。

魔物と間違えられることが多く人族との諍《いさか》いが多いため、人里でその姿は見ない。

ここは彼らの祖先が移り住んだオーガだけの島だ。

ビーストマスターの篠崎宏美と心を通わせたドラゴンの依頼によりたどり着いた孤島。

ダランベール王国のある大陸とはかなり離れているし、海には陸上以上に魔物の種類が多く危険だ。船を出す人間も滅多にいないためたどり着くことはほぼ不可能。

オーガ達も緩やかではあるが、衰退の危機に瀕していたし、いっそのこと自重せずに開拓してしまおうと色々やった。

彼らが安心して住めるように、村の建物の強化と村の安全性を高める柵の配置。

稲作や野菜の栽培、薬草や魔草の栽培なんかの農業。

凶暴性を減らし、品種改良した牛の魔物やイノシシ、鳥の魔物の畜産。

安全に海に出れるように改良した船と、強力な魔物が入り込めないようにしつつも弱い魔物の侵入を拒むことのない特別な結界で囲った入江と近海。

島に突如現れる魔物と戦うための武具の提供などなど。

結果として、江戸時代の後期クラスの文明レベルになっている。

「魔草、あるかい？」

「ええ、しっかり育ってぇますべさ。すばらく取りに来らんてなかったで、かんなり上質になってますっぺ」

オレが来たことに気づいたオーガ達が、こちらによってきた。

「今日は泊まれるんで？　ハクオウ様にも会っていってくださいよ」

「泊りは無理だね。ハクオウが戻って来てるのか？」

「ええ、お土産に巨大な魔物をもらいますだ。解体するのが大変で嬉しい悲鳴を若いのがあげてます。必要あんば持って帰ってください」

「ありがとう。これ、いつものね」

街であらかじめ買っておいたワイン樽を三つほど置いておく。

「おお！　ありがたいっ！　よーし、今日は宴だべ！」

「「「　おおー！　」」」

ここでは基本物々交換だ。お金なんて概念はない。

色々世話をした結果、こちらの欲しがるものをなんでも渡してこようとする信者のような存在になってしまったので、なるべく彼らの欲しがるものを与えるようにしている。

まあ酒だ。

連中は昔から稲作しかしていないので米酒しか作れない。

島の森の中には酒の材料になる木の実や果物があるが、森に入るのは狩りが目的だ。酒を造れる量の果物など持ち帰ることはできなかった。

あまり贅沢品を渡すのも、彼らのためにならないと大神官にして生徒会長の時巻小太郎が言っていたのでお土産は大人のために度数の高いお酒、子供のためにジュースを渡すことにしている。

たまに調味料も。

「そいつは任せるよ。魔草は畑一枚分くらいで」

「わかりました！　おいっ！　酒は夜だ！　道長様に魔草を準備すんべ！」

「「「　おお！　」」」

オーガ達は体が大きく声もデカイ。

そんな時に空から影が落ちた。

『道長、よく来たのじゃ』

「ハクオウ、久しぶり」

オレが視線を上にあげると同時に、空から声が降ってきた。

そこにいたのは真っ白の鱗が輝く、美しくも超巨大なドラゴン。

白竜のハクオウだ。

◇◇◇

ハクオウが村に降りると畑や家を踏みつぶしてしまうので、村の外れに移動して降りてオレを待っていてくれた。

『道長、今日も取引かの』

「ああ。お前がこの村を守ってくれるおかげだ」

『世辞はよい、オーガはもう立派に独り立ちしておるからな』

確かに食事の供給も安定した。病が流行るとかがなければ彼らだけで生活もできるだろう。

絶滅に瀕していたからどうしても人数が足りていないが、海や森で魔物と戦う機会も減ったし、武具も強力な物を渡したので以前より被害は少ない。

即死さえしなければ、オレのグランポーションで助かるしね。

『リアナに聞いた。やはりヒロミはもういないのだな』

「……無事自分の家に帰れたみたいだよ」

学校から全員帰宅したと、女神様が教えてくれた。

それ以降を視る気はないとのこと。

『そうか、人は本来の住処に帰るべきじゃ。いいことだの』

「そうだな」

『お前は仮初の住処と言っていたが、お前の作った家もヒロミの大事な家だったのじゃろう。色々自慢されたのじゃぞ』

「そりゃ悪かったな。お前の寝相が悪くなければ招待するんだがな」

『はは、いまだ練習中だ。一〇〇年ほど待つのじゃ』

「一〇〇年たったらオレが死んでるよ……」

言葉を操る竜は生物として上位の存在だ。人に化けることもできる。

集中力が途切れて竜の姿に戻る時があるから、危なくて家には入れられない。

家が壊れるならいいが、世界樹で作られたウチの工房で元のサイズに戻ろうとしたら家の中で圧死してしまうからだ。

『どれ、修行の成果を見せようか』

「や、元々普通にできるだろ……」

『ふ、我は常に進化する生き物ぞ』

ハクオウは顔を持ち上げ空を見上げると、体を光らせる。

体が徐々に小さくなり、その白い体が収縮していく。

「どうじゃ！」

「どうじゃ、じゃない。服はどうした」

何着かあげたじゃないか。

「汚したくないし破りたくないのじゃ」

「気持ちは分かるが着てくれ」

オレの前で全裸で腕を組むのは、白く長い髪を腰まで伸ばした長身の男である。

オーガの里の中では小柄な方だが。

とりあえずバスタオルを渡す。

人化しても尻尾が残るため、バスタオルでは隠しにくい。

「お、頭」

「クハハハハ！　その通りじゃ！　我はとうとう頭の角を隠すことに成功したのじゃ！」

今までは頭に二本の角が残ってしまっていたのだ。

それが今はきちんと消えている。

「ふ、次は尻尾じゃな」

「寝ながら元に戻る癖は？」

「ふ」

遠い眼をしている。

まだなんだな？

「角や尻尾より先にそっちを片付けないとお泊りは無理だな」

「風呂は我慢できるようになったんじゃぞ！」

「そりゃ何よりで」

寝てる時以外にも、温泉でリラックスしてると気を抜いて元の姿に戻ることがある。

そのせいで何度もオーガの里の温泉を壊しているのだ。

一緒に入ったオーガの男達に何人か怪我人も出たのである。

オレが見た中でこの里で、一番の怪我人が出た瞬間である。スーパー厄介だ。

「何枚か生え変わりがあった。オーガ達に渡してあるから持って帰ってくれ」

「ああ、鱗《うろこ》ね。いつも悪いな」

「気にするでない。宏美の望みであるし、何より手間がかからん」

上位種のドラゴンの素材は入手したくとも簡単に入手できる物ではない。鱗もそうだが、たまに角や爪を研がせてもらって爪の粉をもらったり、生え変わった牙を受け取ったりしている。武器の素材にできたり、薬の素材にもなる。とてもありがたい存在だ。

「さて、今日の分だな」

勿論タダでもらうのは気が引ける。ハクオウにはお菓子や料理の大量に入った魔法の袋を渡す。逆に空になっていた以前渡した魔法の袋を受け取った。

「また菓子か？　そろそろ酒が欲しいのじゃが」

「酒癖悪いからダメ」

「むう、酒は気持ちいいのじゃ」

「覚えているの序盤だけだろ……」

こいつ、お酒は好きだがめっぽう弱いのだ。竜の姿に戻ってゴロゴロ転がったり、ブレスを突然撃ちだしたがるから絶対に酒は飲ませられない。

オーガの連中と友誼《ゆうぎ》を結んでいるのが不思議でしょうがない。

「何か変わったことは？」

「この島では特に。じゃが、人間の住んでいる大陸は気を付けた方が良いのう」

「どういうことだ？」

「魔王が死んだ時に、その強大な魔力が世界を覆ったのじゃ。かなり消費されたようじゃが、魔素溜まりになっている場所がいくつかある。強力な魔物が生まれかねんの」

オレを元の世界に戻すのに使ったり、傷ついた世界樹の再生に使ったと女神様が言っていたが、それがすべてではなかったらしい。

「特に海中はすごい。あまり海に潜らない方が良い」

「ほとんどの人間は海に入る習慣はないから安心しろ」

一部の漁村は海に入るらしいが、それでも近海だけだ。

貿易等で海路を使うのもリスクが高いからほとんど行われない。

「その分、美味い魚が増えたのじゃがな」

「そりゃ何より」

久しぶりに会ったハクオウと情報交換を行い終えたころ、オーガが魔草の準備を終えてくれた。

嬉しいのは分かったから。尻尾をあんまり動かさないでほしい。こう、バスタオルの裾がちらちらと、ね？

マナポーションの素材、消耗品は水と魔草だけだ。帰ったらまとめて作成してしまおう。

◇◇◇

先日のゴブリン討伐の報酬、金銭の他にジジイの過去に研究していた研究資料をオレは求めていた。

以前は魔王討伐に必要な、いわゆる冒険者のための道具しか習わなかったので勉強になる。

特に領主時代に領民のために作成した魔道具の数々だ。

魔力を大量に使う物が多いので開拓の時に使うものがほとんどだが、オレには思いもよらないこの世界の知識がふんだんに込められていて面白い。

「オーガの里で活躍できそうな物がいくつかあるな」

オーガの里を開拓した時は、海東の魔力頼りだったが、彼らだけで運用できる魔道具がいくつかあった方が良いような気がする。

オレの渡した魔道具って戦闘用の物ばかりだし。

「そもそもオーガ達にも自分でポーションやマナポーションを作らせればオレの手間が減るのではないか？」

それくらいの道具なら片手間で作れる。

連中は基本的に脳筋だから教えるのが面倒だが、生活のために酪農を覚えることができたし、元々稲作の文化があるくらいだ。小さい子供で魔力の高い者なら興味を持ってくれるかもしれない。

「ねえライト」

「ん？」

「お店いいの？」

「いいのいいの」

リビングでくつろぎながら資料をめくっていると、暇をしていたイドが声をかけてきた。

「あの二人は薬の知識もあるし急患にも対応できるからね」

マナポーションを納品して数日、とうとうお店が開店。

男のオレに接客されるより、美少女の二人の接客を受ける方がいいに決まっている。

男の冒険者は女の子と話したいし、女の冒険者は同じ女性にしか聞きにくい質問もあるだろう。そういうのを対応する薬も売ってるからね。

「ご主人様、すいません」

「どうしたセーナ」

リビングでイドと話していると、セーナが店舗側から顔を出した。

「急患です。なんでもご主人様のマナポーションを飲んだら体調を崩したとわめいておりまして」

「リアナでも対応できないのか」

「リアナが怒り狂っているのでご主人様、止めて」

「おおいっ!?」

慌てて立ち上がると、店舗側に顔を出す。

憮然《ぶぜん》とした表情で、急患用のベッドに寝かせた患者を見下だすリアナ。

たまに見るビキニアーマーな女性だ。なぜビキニアーマーなのにズボンをはいていらっしゃる？　査定半減ですよ？

茶髪で短く揃えた髪が、汗で濡れた額にへばりついている。見るからに苦しそうだ。

リアナに文句を言うのはその患者の仲間と思われる冒険者だ。

「リアナ」

「マスター、この連中を八つ裂きにする許可を」

「ダメです。それより患者の容体は？」

「大したことありません、魔力酔いです」

魔力酔いかぁ。

「おい、早く治してやれよ！　お前のところの薬でこうなったんだぞ！　変な薬売りつけやがって！」

「マスター！　先ほどからマスターの薬を変な薬って言うんです！　死ぬべきです！」

「過激なこと言わない。しかし魔力酔いか……こんな大人が珍しいな」

「あんたが店主か⁉　ライトロードっつったよな！」

「お前の薬を飲んだら倒れたんだ！　魔物から攻撃を受けた訳じゃねえのに！」

「はいはい、魔力酔いでしょ。診るから」

とはいってもリアナの診断が終わった後だ。特に診ることはない。

しかし女性の冒険者だ。このまま寝かせておくのも忍びないな。

「さて、とりあえずお客さん方は出てくれ。このままじゃ鎧も脱がせられん」

面倒だから脱がせないけど。

彼女の仲間を残し、客を追い出す。窓をカーテンで塞ぎ、扉の外に診断中の看板を置く。

「しかしマナポーションを飲んで魔力酔いか、魔力が少ないのか？」

「魔剣士だよ、魔力は相当ある」

魔剣士は魔法の付与がされた武器に魔力を走らせてその性能を発揮できる職だ。

魔法剣士と違い自分では武器に魔法の付与ができない下位互換ではあるが、その分前衛職の中では魔力総量の高い人間が多い。

「どれ、少々魔力を抜くか」

手袋をはめて彼女の頭に手を置く。この手袋は魔道具だ。対象から魔力を奪うことのできる便利アイテムだ。

急速に魔力を抜くのは負担が多いが、彼女は体内に過剰な量の魔力を秘めていたので抜くしかない。

ついでに触診も少し行う。

「ん、はぁ……」

「目を覚ましたか」

「あんた……は」

まだ頬が赤いな。手袋を外して熱を測る。

「人より魔力の回復能力が高いな。あんまり魔力を消費してない状態でマナポーション飲んで魔力の回復力が上がりすぎたんだろう」

「そうだったのか」

彼女は軽く呟いた。まだ少し苦しそうだ。

「参ったな。オレのマナポーションを飲んで同じような症状になった奴がいるかもしれん」

「マスターのマナポーションは強力ですから」

「そういえばそうだったか」

以前の仲間達に合わせたマナポーションばかり作っていたから、一般人には過剰だったようだ。

「マナポーション、もうちょっと薄めに作るか」

その方が量も作れそうだし。

「ギルドに卸す方だけ下げればいい」

「イド？」

「わたしは、今のマナポの方がいい」

確かに魔力量が多いイドならば今の物の方がいいだろう。

「正直、初めて飲んだ時マナポーションではなくエーテルかと思った。リーズナブルで高性能」

「エ、エーテルだって⁉」

「うそ……普通に買えば五万ダランはする物だろ！」

過去一でしゃべるイド。相当気に入っているようだ。

「特にピーチ味が最高」

「あー、ギルド行って来るわ。お姉さんは少し休んでから帰るといい。まだ体だるいだろ。リアナ、介抱を頼む」

しかし同じような事故が起きないとも限らない。

ちょっとランクを下げた物も納品するようにした方が良さそうである。

◇◇◇

「とはいうものの、難しいな」

販売時に注意を促すようにカテジナさんに伝えて、性能を少し下げたマナポーションを納品する話をしたのだが……。

「参った、効能が抜けてしまう」

マナポーションを作成、それはポーションと作り方はほとんど変わらない。

使用する薬草が魔草に変わるのと、錬金窯の中に定着石を沈めてかき混ぜるのが違いだ。

「オーガの里の魔草が良すぎる」

魔草を使用する量を減らして水の量を増やしていたが、魔力が逃げてしまう。

これ以上魔草を増やすと魔力の回復量が増えてしまうし、水を増やすと魔草の成分が水に広がりきらない。

「うーん……魔草を別のに変えるしかないか」

しかし手持ちにあるのはオーガの里のだ。

倉庫を見つめても代用できるものは……あるにはあるがちょっと貴重すぎる。

「ダメだな、煮詰まってる」

流石に勿体ないから今まで通りのマナポーションを作って瓶にまとめる。

工房の外に出て背伸びをした。

「できたの？」

心配そうにこちらを見るのはイドだ。珍しい。

「んや、どうにも性能を落とすっていうのは楽じゃないらしい。もっと簡単にできると思ってたのに」

オーガの里はこの魔草を生産するために頑張ってくれた。その魔草にケチをつけて性能を下げさせるのもいやだしなぁ。

「随分工房に籠っていた」

「ああ、もう夜か」

半日近く工房に籠っていたらしい。まあ作成する物によっては三日とか工房に籠るから珍しいこともない。

「しっかり休む」

「そうだなぁ」

「ちゃんと食べる」

「そうだなぁ」

「ちゃんと、食べる」

力強く肩を掴まれた。

「え？　え？」

「あの二人はご飯を食べない」

「ああ、そうだな」

「わたし一人で食べる。けど給仕にセーナが残る」

「そういえば」

「気まずい」

「な、なんかすまん」

意外とこのエルフは繊細らしい。

「美味しい食事は分かち合うもの」

エルフは食にうるさい人が多いから、イドにもイドのこだわりがあるらしい。

「ちゃんと、一緒に食べる」

「わ、分かりました」

クラスメート達にも怒られたなぁ。

……リアナとセーナ、部屋の隅で拍手するんじゃない。ハイタッチとかも。

「そういえばイド」

「何？」

「この辺で魔草ってどれを使ってるの？」

「魔草？　月見草」

「月見草ね」

オーガの里と同じだ。魔力の豊富な土地でしか育たない物だが、その分マナポーションの作成にはもってこいの素材。

ある程度広大な森でなら比較的簡単に手に入る素材で、量の確保も簡単である。

「ギルドで買えるかな」

月見草を齧るだけでも魔力回復ができる。マナポーションに作り替えるのは効能を安定させるためと、口にしやすいようにするためだ。

こう言ってはなんだが、雑草と変わらないからそのまま食べると苦いのである。

「森が封鎖されてるから難しいかもしれない」

「ああ、そういえば」

　ゴブリン討伐がまだ完遂していないから、クルストの街ではマナポーションの生産が滞っているかもしれない。

　元々錬金術師が少ない街だが、ポーションやマナポーションは領都からも仕入れていたらしいけど。

「まいったなぁ」

「Bランク以上の冒険者は許可が出てるから入れる」

「でもなぁ」

　マナポーションにするために世話をしているオーガの里より自然に生えている月見草の方が効能は低いだろうから、そっちで作ろうかなと思ったのだが。

　問題はBランクの冒険者に依頼するような内容じゃないということだ。

「わたし、行ってこようか？」

「助かるけど、一人じゃぁ」

「そう？　危険はない」

「そっちの心配はしてないよ」

　エルフを倒せるほどの魔物が森にいたら恐らく討伐隊は半壊している。

「一人じゃ量の確保が難しいでしょ」

「確かに」

　薬草や魔草の採取はギルドでいうところの常設依頼である。

ある程度簡単な内容で、かつ冒険者達のスキルアップにつながるから新人向けの依頼という側面もあるがもう一つ理由がある。

それは量が必要だからだ。

ポーションもマナポーションも冒険者全体に行きわたる量を確保するにはそれなりの数がいる。

依頼失敗のペナルティを薬草や魔草で補完させるギルドも多い。

「昨日の連中も使う」

「え？　昨日の？」

「そう、Ｂランク。依頼達成前に魔力酔いでダウンしたからペナルティも起きてるはず」

「そういえば……カテジナさんに掛け合ってみるか」

◇◇◇

「で、オレも何故か一緒に森に来てしまった訳だが」

「マスター、人がいいから」

「セーナが一緒、嬉しい」

イドは道中の食事が美味しくなるから嬉しいだろうね。

オレが付いてきたのは月見草の生態調査だ。専門家の意見がほしいと言われた結果である。面倒臭い。

ちなみにリアナはお留守番だ。お店を任せている。

「改めてお世話になる、店主殿」

森の中に入ったから馬車はもう使えない。徒歩である。

オレの肩の上には先日イドに破壊された後、修理を終えた【浮遊する絶対防御《フロート・ガーディアン》（改）】と先端の魔石を氷の属性に変更した前回と同じ杖。魔力回路の関係上、長いのよこれ。

セーナは前回も装備させた手甲と弓。

イドは剣を腰に下げていて、セーナが弓を持っているからと今回の武器はそれだけだ。

ビキニアーマーな魔剣士の娘、ケーシーは恐らく魔剣であろう武器。見た目はただのツーハンドソードだけど。

彼女の仲間達はいない。なんでも臨時で組んだパーティだったらしく、Cランクだったようだ。

や、オレもCランクなんだけどね。

あの時怒ってたのは彼女をあてにしていたのに、早々にダウンしてしまったかららしい。

「魔物、気配もない」

「この辺りのゴブリンはあらかた片付いたのか？」

「みたいね」

「思ったよりも状況が悪いなぁ」

地面がゴブリン達の大群のせいで踏み固められてしまっている。

ゴブリンがいくら人間の子供くらいの重さしかないとはいえ、千にも上る数のゴブリンに何往復もされると流石に踏み固められてしまう。

森の木々はそこまで密接していないから日の光は地面に届いているから再生はするだろうけど

時間はかかるかもしれない。

「月見草も折れてるのが多いな」

「思ったより採取できないかもしれないわね」

「獣もいないわ、ご主人様。鳥しか見えない」

「ゴブリンの死体や何かの獣の骨が多い」

ケーシーさんの言う通りゴブリンの死体や、食われた獣の骨や毛皮が地面に多く落ちている。

勿論ゴブリンの死体も踏まれて潰され食われているものが多い。

「ふっ！」

それと、ホブゴブリンなどのおそらく上位種と呼ばれる存在。

今もセーナの弓を頭に食らって絶命して倒れた。

下級のゴブリンは食事にありつけなかったようだが、上位種の面々は食べ物に困っていないのだろうか？　それとも警戒心が高いからか？　外から匂ってくる焼肉の匂いに反応をしめしている様子はない。

だがオレ達の匂いだか気配だかで存在には気づくらしく、定期的にこういうふうに顔を出してくる。今のところ集団では出てこない。

「このサイズの死体は流石に放置できないな」

「そうね」

使い道はないけど、捨てておくことも良くないので魔法の袋に仕舞いこむ。

「月見草はどう？」

「多少踏まれても最終的にはすり潰すから、目につく範囲で全部ダメってことはないけど」

木の根元付近のものや踏まれていてもまだ枯れていないものは問題ない。そういった所で生えている分があるから月見草が根絶するという事態にはならないだろう。

「やはり絶対数が減っている。一年ほど寝かせて自然に回復するのを待つしかないかな。問題は直近の分だ。供給が途絶えるのはまずいだろう」

マナポーションを利用するのは冒険者だけではない。それなりに需要があるのだ。

今までのように、街やギルド単位で領都から購入して間に合えばいいが、その分値上がり傾向にある。

元から決して安い品ではない。だが、下手に節約すると命に関わる場面も出て来る。それに粗悪品が出回る危険性も出てくる。

しかし現状を考えると、森で採取させるのはやめた方がいいだろう。欲張りが全部取ったらそれ以降生えなくなったなんてことになりかねない。

「森以外で獲れる場所ないかな……」

「ダンジョンにあるわ。中層と呼ばれるエリアからだけど」

「結局Bランク以上の依頼になっちまうなぁ」

別に入場制限がある訳ではないが、ランクの低い冒険者はダンジョンの奥まで足を運ばない。

みんな命が大事だからだ。

「命懸けでダンジョンに潜って魔草採取はちょっと嫌ね」

「めんどう」

ケーシーさんが嫌がる理由とイドの嫌がる理由は天と地ほど離れているが、二人の意見には納得できる。

「結局マナポーションの値上がりは止まらないかなぁ」

オレが作る高品質のマナポーションは、完全な魔法職にしか売らないことにギルドが決めた。

ケーシーさんのような人間が、戦闘中に出たら命の危機になるからである。

完全な魔法職の人間にも、服用する際には注意するように呼び掛けていた。

それに伴い、通常のマナポーションよりも高価になってしまったのだ。

カテジナさんがきちんと鑑定するべきでしたと謝ってくれたが、オレにも落ち度があったので文句は言えない。

クラスメート達に合わせた物をそのまま提供したオレが悪かったのだ。

「廉価版、どうにか作らないとな……しかし難しい」

そうなのである。オーガの里の月見草では現状作成が不可能だ。

自然の、魔力量の保有限界の少ない月見草でないと効果が落とせない。むう、素材の良さが仇になるとは……。

「でも、普通のマナポーションも買える」

「え？　どこで？」

「別の錬金術師の店」

「ああ！　クリスの店っ！」

そういえばもう一件、錬金術師の店がクルストの街にはあったんだった。

忘れてた！

あれ？　あいつはどこで魔草を回収してるんだ？

◇◇◇

「どこって、裏の畑で育ててるけど」

「ですよね！」

という訳で森から帰ってきた翌日。

お店ができたとの報告もしてないかったこともあり、挨拶がてら相談に。

「あれ？　でも足りなくならない？」

「僕のお店にも多くはないけど冒険者が来るんだ、特にダンジョンに潜る冒険者が多く来る」

嫌そうに言うクリス。だけど冒険者が来ないと成り立たない仕事だもん、来てくれた方がいいじゃない。

「ダンジョン組は森から見て反対側に向かうからね。こっちを通るんだ、その時にマナポーションなんかも買っていってる。君のマナポが強力すぎるって話が出たんだけど？」

「あー、素材の関係だ。以前住んでいた所で育ててた月見草はこっちで使うには高性能過ぎたみたい。特別な作り方をしてる訳じゃないぞ」

エリクサーが作れる錬金道具は特別製だけど。

「ちなみに冒険者ギルドで魔草の買取が止まってたから、僕の店で買取を行ってるよ。ダンジョンに潜る連中に頼んで採取してもらっている。月見草を納品してくれた人に限定してマナポーションを販売してたんだ」

ミーアちゃんの親父さんが死んで、月見草の購入をしてくれる人間がいなくなったから常設依頼から外れていたのだ。

すぐに再開するつもりだったらしいが、ギルドとクリスの関係はあまり良くない。マナポーションの供給を断られたから、マナポーションもダメだろうとギルド側が判断してしまっていたのではないだろうか。

「月見草を持ってきた人間に限定してマナポーションを販売する、か。上手い手を使うじゃないか」

「苦肉の策みたいなものだよ。でないと店からマナポーションがなくなってしまう。自分で飲む分も確保しておかないといけないし、教会にも優先的に販売しているからね。ご存じの通り、僕は採取をしに外に出る訳にもいかないし」

「あー、確かに教会にも必要だわな」

教会の神父さんやシスターは回復魔法の使い手が多い。だが彼らも急患が続けば魔力がなくなってしまう。

いざという時のためにマナポーションを置いておかないと、死人が出る場合があるのだ。

「医者は？」

「こんな田舎町に医者なんて来ないよ」

「まあそうか」

この世界の医者って胡散臭いしな。

錬金術師や薬士みたいに薬を作るためそれらの知識を得たりしようとしたり、教会に所属して正式に指導を受けている人間と違って、医者はどこでその知識を学んでいるか不明だ。

貴族達が抱えている医者は、先祖代々知識を蓄えている医者だが、町医者となると胡散臭い。

それこそ代々の医者ってのなら王都にもいたが普通の村やちょっと大きい程度の街には確かにいない。

日本で免許制なのも頷ける。よくできたシステムだ。

「ダンジョン産の月見草、見せてもらっていい？」

「君の使っている月見草と交換してくれるなら、いいよ」

「商売上手め」

オレの月見草のが性能いいって話を聞いたうえでそれか。

マナポーション生産時の端数の月見草を鞄から取り出す。決して仕舞い忘れではない、倉庫にしまうのが面倒だったからでもない。決して。

カウンターの上にそれを載せると、クリスも一度後ろに下がり持ってきてくれた。

「ああ、これはすごいな」

「魔力は相当込められるからな」

一目見ただけで分かるんだから、クリスは良い腕の持ち主だ。

きちんと試験を受けにいったらBランクもいけるのではないだろうか？

「なるほど、逆に僕の手にはあまりそうだな」

「そうか？　確かに魔力量を落とすと定着しにくいけど」

「そっちの問題もあるけど、窯の問題もあるかな。この月見草に魔力を込めるなら窯にも相当魔力を込めておかないと……君は道具も一級品を揃えているんだな」

「あんがと。まあおかげで商売繁盛だよ。ハイポばっかり売ってるけどな」

何気に常備薬があまり売れない。まだオレの信頼度が低いからか、それともギルドに近く冒険者が多いから一般人が入りにくいからか……どっちもな気がする。

「果物味のハイポーションなんか作れるんだね」

「作り方教えよか？」

王都では果物が高いのでダメだが、この辺りは産地が近いからかワインが安く手に入る。

オレが今作っているのは、オーガ達が作っている桃とバナナ味だ。競合にならないだろう。

「いいのかい⁉」

「ぶどう味ならいいよ？　この辺のワインを使えば問題なくできる。その代わり、オレもクリスと同じように持ち込みでの入れ替え販売やっていい？」

「別に許可を取る必要もないんじゃないか？　レシピの盗用って訳じゃないんだし」

「何もレシピだけが錬金術師の技じゃないだろ」

そんなこんなで許可をもらったので、冒険者達にはこぞって月見草を持ってきてもらおう。

「冒険者ギルドでも同じようにさせるべきか？」

「それはやめた方がいいだろうな。ギルドの職員全員が月見草の見分けをできる訳じゃないだろう？」

「それもそうか」

その後、客が来るまでカウンターで延々と錬金術談議に花を咲かせたぜ！　スーパー楽しかった。

客が来たのでおいとましようとした時のクリスの表情を見るに、相思相愛と見たっ！　また来よう。

「店主殿、相談があるのだが良いだろうか？」

「何？」

クリスとの話が終わるのを律義に待っていたのはケーシーさんだ。

クリスの店に行くのに付き添いはいらないと言ったので、セーナもイドもいない。

そもそも今回のオレへの依頼は月見草の生態調査とマナポーションの供給をなんとかできないかという曖昧かつ難しい依頼だ。

期間などないし、失敗しても罰則はない。

それに対し、彼女への依頼はオレの森での護衛である。既に終わった仕事のはずだが、最後まで付き合うとオレと一緒にクリスの店までついてきたのだ。正直とっくに帰ったかと思ってた。

お店の前で座って待っていたのを見た時には悪いことをしたなと思っていたのだが。

「私の魔剣なのだが……どうにも昨日一昨日と過ごしていて、なんか合わないというか……」

なんとも微妙な相談だ。

「オレは鍛冶師じゃないんだが」

や、分かるけど。

「この魔剣は、ジェイク氏に依頼をし魔核の作成を請け負ってもらった物なんだ。今まで特に違和感なく使えていたのだが、一昨日辺りから素振りをしてると妙に重く感じて、妙に疲れるというか、まるで別物のように感じるのだ。剣も魔核も同じものには間違いないのに」

「そう言われてもなぁ」

「ジェイク氏に相談できればいいんだが、既に亡くなってしまっているんだ。店主殿は同じくらいの腕があるんだろう？　ミーアが嬉しそうに師匠自慢しているのを何度もギルドで聞いたのだ」

「あー、ねー」

あの娘はオレを美化しすぎだ。そもそも弟子にするつもりもないし。

「まあ診るくらいならいいよ。作成者じゃないから解決できるとは言えないけど」

「そうか！　助かる！」

ミーアの親父さんの仕事だったんなら、否とは言いにくい。

とりあえずオレの工房に戻ろう。

ああ、結構距離あるんだよな。

◇◇◇

「さて、という訳で見せてもらおうか」

「おお、ここが店主殿の工房か……すごいな」

「ごちゃごちゃしててごめんね」

　オレの工房は、錬金術師の工房とは違う。

　鍛冶もすれば木工もする。魔物の解体にも使うし、当然錬金窯も大きい物が置いてある。

　今回は武器の確認だ。とりあえず椅子を出してかけてもらい、テーブルにその魔剣を置いてもらう。

「これだ」

　腰に下げていた剣を鞘から抜いてテーブルに出すケーシーさん。

　よく手入れされているが、刃こぼれが多少ある。

「研ぎには出していないのか？」

「たまに出すが、あまり深く研がれると魔剣の能力が落ちたりなくなったりと言われてな」

「親父さん以外には難しかったか」

「そういうことだ」

　剣に限らず、武器は消耗品だ。

　特に鈍器と違い、刃物は研ぐ必要がある。

　研ぎは何度も繰り返すと、いずれ刃の摩耗に限界が来る。

　魔剣ともなると、芯に魔力回路も走っていたりするので研ぎすぎるとその権能が失われる恐れがある。

　こういいのは製作者か、相当慣れている人間以外に見極めるのは難しい。

「ちょっと失礼」

オレは剣を手に持って魔力を込めてみる。

剣の中心部分が光を放っている。

「硬質化と炎か」

「そうだ。魔力を込めると炎を帯び、炎の魔剣と化す。その炎に負けぬよう剣自体を守るために頑強さも上昇する……見ただけで分かるのだな。炎は見れば分かるが、硬質化を見破られたことは初めてだ」

「そりゃ戦闘中だからでしょ。こうしてしみじみメンテをするために剣を見せれば分かる人間には分かるよ」

剣の熱が収まったので、改めて剣を置く。

「ケーシーさん、手を出して」

「あ？　ああ」

「触るよ？　体も」

オレはケーシーさんの手を取り、まじまじと見つめる。

瞳に魔力を集中させ、手から体、体から顔と見つめ、手だけでなく肩や腕、腰など全身の筋肉量や魔力量を調べるのだ。

居心地が悪いのは分かるが、落ち着いてほしい。

女性の体をまさぐるのは正直照れるので鋼の心が必要。

「その、店主殿」

「なに？」

「は、恥ずかしいのだが」

「親父さんもやってたでしょ？」

「そ、そうだが！　ジェイク氏は娘さんもいたし！　店主殿ほど若くなかったから！」

「そうね。でも我慢我慢。オレも恥ずかしいんだから」

「こ、こんな男女な私に恥ずかしいなどと」

やめて、そういうこと言わないで。やりにくくなるから！　オレの顔も熱くなるから！

「こほん、結論から言いましょう」

「は、はい！」

彼女の魔剣と彼女自身の親和性の問題の話に戻ろう。

「オレが原因の一つです、すいません」

「は？」

さっきまでテレてモジモジしいてたケーシーさんが首を傾げている。

「正確には、オレのマナポーション。ケーシーさん飲んで魔力酔い起こしたでしょ？」

「ああ、あれはきつかったな……」

体内に異常な量の魔力が生まれたり、外から入り込んだりすると発生する症状だ。子供なんかはこれで体力が限界を迎え、命を落とす子もいる。

「あれで、どうにもケーシーさんの体内の魔力回路が拡張されちゃったみたい」

「そうなのか？」

「たぶん。元々ケーシーさん、魔力多かったと思うんだよね。それに比べて体内の魔力の通り道が狭かったんだと思う。体内に膨れ上がった魔力が逃げ場を求めて魔力回路の中を強引に通過して……体調を崩して倒れたんだけど、体内から魔力を抜くのが遅かったみたい」

そして、強引に通過した魔力がその回路を広げて……そのまま固定されてしまった、といったところだろう。

冒険者という名の強靭な体が対応してくれていたけど、子供だったら魔力の流れが悪くなって魔法の類が使えない体になっていたかもしれないし命を落としていたかもしれない。

「調子が悪いっていうのは、普段よりも魔剣に魔力が流れるのが原因かな？　元々ケーシーさんの魔力の放出量に合わせて作られた剣だから出力は一定なんだけど、体から出る魔力量が増えたから余計に魔力を消費するんだ。剣の方で調整できる限界を超えて魔力が体から逃げるから、軽く感じたり、魔力を多く取られて急に重く感じたりする。子供の時に急に熱が出たりして寝込むことなかった？」

「ああ、何度かあったが……」

「それのキツイ版が体に起こったんだ。そして体が変化した。子供だったら危険だったかもしれない」

「そうだったのか」

「魔力を使わない子供時代を送っていると、大人になってから徐々に魔力回路が広がるのはおかしなことじゃない。定期的に剣を持って工房に来いって親父さんに言われてなかった？」

「そうだな。それは研ぎをしてくれるためだけだと思っていたが……」

「ああ、親父さんは伝えてなかったのかもしれないな」

それを知って無茶に回路を広げるより、徐々に成長させる方がいいに決まっているからね。

「そうなると、調整はできる。以前と同じような威力しか出ない剣にするか、魔力消費が激しい代わりに、より強靭な刃になり強烈な熱が出せるようにもするか……」

「基本的に以前と同じ魔力量で使用でき、私の判断で威力を増やすようにはできないか？」

「できるけど……使い分けできる？」

「訓練する。それに冒険者として切り札が手に入るならそっちを選ばない訳にはいかない」

「なるほどねぇ。でも本当に気を付けなよ？　別にケーシーさん自身の魔力が増えてる訳じゃないんだ。一度に消費できる魔力量が増えただけで」

「ああ、分かっている。しばらく剣をなじませることに専念し、無理のない依頼を受けることにするよ」

「それなら、まあいいかなぁ？」

「頼む」

「分かった。それと、威力も何段階か分けられるけど、使う素材によって変わるから……お値段は五段階くらい」

うん万ダラン～うん一〇〇〇万ダランまでお好みでどうぞ。

「い、一番下で頼む。そんな金用意できない！」

「あいあい、剣は二日は預かるよ。不安なら予備の剣を貸すけど？」

「借りられるのか？　じゃあ借してほしい！　予備武器はあるが、ショートソードなんだ」

「そこの籠にぶっ刺さってるので好きなの選んで」

「分かった」

そう言ってケーシーさんが傘立ての傘みたいに並んでる剣を何本か取って鞘から抜いて選んでいる。

「……店主殿」

「ん？」

「この剣、いくらだ？」

「プライスレス」

予備武器はクラスメート達の腕に合わせたものですから！

「ここ、この武器、こわいのだがっ！」

「そりゃそうだろうねぇ」

ハクオウの牙を削りだして作った剣だよそれ。

魔剣じゃないから切れ味が良くて頑丈なだけの剣です！

◇◇◇

「なんだか自分が強くなったと勘違いされた」

「その剣すごいよね」

「こんなものをポンと貸さないでくれ！」

「もっと質の低いのあったじゃん」

「これを見て他を選べると⁉」

最初に選んだのがたまたまそれだったのが運の尽きである。

不満は勘弁してほしい。

「持ち逃げしなかった勇気を称える」

「イドリアル殿、むしろ怖くて一日も早く手放したくなったぞ」

「盗まれても場所分かるけどね」

危ない剣だから盗難防止の為に色々と仕掛けをしてある。

そしてイドが剣に興味を持った。

イドの剣もエルフの村で作られた業物っぽいけど？

「これ、ほしい……けどわたしには長さが合わないか」

「打つのはいいけど、素材一つで五〇〇〇万はくだらないぞ」

ハクオウ、つまり白竜の牙だ。しかも年齢の単位がおかしいタイプのドラゴンの牙。

半年に一度くらい生え変わると本人が言っていたし、生え変わりの時期は巣で過ごすから巣にまだ数百年分の牙や鱗が転がっているらしい。

でもやっぱり普通に買おうとすればそれくらいの値が付くだろうし、基本的に出回らない品だから手に入れるのが困難だ。

「むう、お金が足りない」

「そりゃそうだろうね」

「仕送りを止めれば……」

「連れ帰されるぞ」

エルフは仕送りが途切れると役立たずの烙印が押されて連行されるのだ。

「そんで、お待ちかねのお前さんの武器だ」

「ああ、抜くのは……ダメだよな」

「庭に出よう」

店舗側から外に出て、庭に出る。

そこに藁人形（ズンバラ君六号）を置いて試し切りできるようにしてあげる。ジャパニーズスタイルだ。

「新品のようだ！」

鞘から両手剣を抜くケーシーさん。その刀身の輝きは新品そのものだ。

「試しても？」

「どうぞ」

柵の内側には結界が張ってあるか。剣を振るうくらいなら問題ない。

イドも興味を持って一緒に外に出て来る。

そっかーエルフって食事と世界樹以外にも武器に興味あるのかー、そうだよなー戦闘狂だもんなー。

「ふっ！」

魔力を込めずにまず一閃。

それだけで藁人形《わら》のズンバラ君六号の首が綺麗に切断され、頭が地面に落ちた。

「すごい切れ味だ」

「刃は一新してコーティングしておいた」

魔剣の主軸で使われていたミスリル部分や持ち手なんかはそのままで、剣の外層部分の魔鋼鉄は交換し、刃こぼれしにくく、切れ味が落ちないように火竜の爪などを使ってコーティングしてある。

ぶっちゃけ親父さんが使っていた魔鋼鉄より、オレが精錬した魔鋼鉄の方が質がいいのである。魔剣とするために書き込まれていた魔術式は大きく変えていない。余剰部分に新たに書き込みをしたり魔力の通り道を改良した程度だ。

見た目や長さは以前と同じだが、『剣』の部分は大きく変化している。

ズンバラ君六号の斬られた首元と頭部側の藁がわしゃわしゃと伸びて合体、そして再びくっついて元のズンバラ君六号に戻った。

てて−ん！

「なあ、店主殿」

「なに？」

「あの動き、気色悪いのだが」

「きもいよねぇ。でも毎回新しい試し切り人形出すの面倒でさ」

「合理的」

「でしょ？」

イドは分かってくれた。

「ま、まあいいか……次は魔剣として」

魔力を込めた魔剣は熱を帯びて赤く光を放つ。

「以前と違い炎が立ち昇らないが……」

「威力の指向性を少し変更したから。炎が上がると見た目は派手だけど」

熱を放つ剣であれば、実は炎が剣から生まれる必要はないのである。

親父さんの趣味か、ケーシーの趣味か知らないが無駄はカットだ。

「せいっ！」

再びズンバラ君六号の首が刎ねられた！

更にズンバラ君の斬られた首から炎が立ち上がり、頭側は空中で燃えながら地面に落ち、燃え尽きた。

「お、おお！　燃えた！」

「今までは炎が剣を覆っていたけど、その分のエネルギーを刀身を通して切り口に留まらせる様にしました」

炎を出すのは簡単だが、ダンジョンなんかで使うと場所によっては酸欠してしまう。炎が出ている剣を持ち歩くのはリスキーだ。

「持っていて前より熱くないが……火力があがっているのか？」

「温度は上がってるよ。それと熱を維持するのに使用する魔力量を三〇％カットしといた」

計ってないから何度上がってるかは知らないけど。

「ん？　ん？」

「前より魔剣として使える時間が増えたってこと」

「そういうことか！」

そんなことを話していると、今度はズンバラ君六号の首がニョキっと生えた。

てててーん！

「て、店主殿！　は、生えたぞ！」

「毎回首を付け直すの面倒で」

「スライムみたい」

「あんなスライムがいてたまるか！」

「ズンバラ君六号は不死身なのだ」

オレが魔力供給していればだけど。

「で、ご所望の大技」

「おお！　試していいのか⁉」

「流石に街中で使っちゃだめ。残存する魔力をまとめて吸い上げて一気に炎の刃を拡張させて刃を巨大化させる範囲攻撃だね。使うのはいいけど、問答無用で死なない程度に魔力を吸い上げるから使用後もう魔剣に魔力を込めるのはしんどくなる」

スーパー必殺技だ。

「そ、そうか……危険なんだな？」

「うん。ケーシーさんの魔力依存だから。魔力消費してない今なら五、六軒お宅が吹き飛ぶからね。ワイバーンくらいなら消し炭にできる」

「け、けしずみ……」

結界があるから柵で止まるし、家は世界樹で工房は天界石だ。絶対に燃えない。けど火柱は上がるのでご近所迷惑になる。

オレは城での騒動で学んだのである。

「それともう一つ」

「まだあるのか⁉」

あるよ？

「放出させる炎の刃を剣に凝縮させる。そして刃に込めて直接切り込む。放出させないで直撃させる分強烈な一撃にできる。更に相手の体内に直接熱エネルギーを叩き込むことができるので、相手を体内から焼ける」

「すごい！」

「でもどっちも外したら一気に絶対絶命」

「む？」

「残存魔力の大半を消費する一撃だからね。確実に勝ちを拾いに行く時か、背中を任せられる信頼できる仲間がいないと撃っちゃダメ」

「わ、私は基本ソロなんだが」

「そういえば……」

この間ウチに運び込まれた時も臨時のパーティだったらしいし、まああのパーティの人達もちゃんとケーシーさんを街まで送り届けてるから、まともな人達だったのだろう。

「それと残存魔力依存なので、魔力があまり残ってない状態で使っても威力は低い。強い力で打ち込みたい場合は最低でも魔力が半分以上残ってる時じゃないとあまり意味はないので注意だね」

ぼっちの部分は無視である。

「見たい」

「試したいな！」

「適当に魔物でも捌いてきたら？」

「強いのがいい」

「そうだな！」

「オレも立ち会うよ」

実際に剣として使ったのは見たが、実戦でどういう形になるか興味がある。

でもこの時間から戦える魔物でそんな強いのいるか？

◇◇◇

「亀かぁ」

「首領石《どんせき》トータス。Bランクの魔物」

「いや、いくらなんでも試し切りで相手を取れる魔物じゃないのでは？」

「その剣でならいける」

自信満々にイドに連れて来られたのは、街の西側。近くの山への道に続く広大な荒野だ。

こちら側は大地が硬く、農耕に適さない土地なので開発もほとんどされていない。

凶悪な魔物はいないが、この亀がいるので宿場町なども作りようがないのだ。山の麓《ふもと》まで行けば山の資源を回収するべく鉱山の街があるが、あまり人の通りの多い場所ではないのである。

「首領石トータスって剣で倒す魔物じゃないよね？」

「どうしても倒したい場合は、地面に穴を掘ってそこまで転がせて火あぶり」

「そうだよね……」

大きな陸亀だ。丸みを帯びた背の甲羅がいかにも頑丈そうな立派な亀である。

首領石トータスの甲羅は鉄よりも硬く、刃物が通るような代物ではない。

見た目以上に動きが鈍足なので、炎で窒息させて倒すのが確かに一番の近道に見える。

甲羅は硬いが動物素材なので、熱での加工が困難である。鉄と違うため、溶鉱炉で溶かすことができず、溶鉱炉レベルの温度で熱すると熱に負けて割れて粉々になってしまうのだ。

専用のハンマーやヤスリで成形することはできるが、時間がかかる上に強度が落ちる。

「でもそのまま盾として使っている冒険者がいるくらい硬いんだよな」

錬金術師としては弄り甲斐のない素材だ。

「骨で出汁をとると美味しい」

「初耳だわ」

料理で使う考えはなかった。

「卵なら解毒剤の一種になるらしいね」

「卵は美味しくない。生だとお腹を壊すし、茹でても苦いし。目玉焼きにしても苦い」

イドからの情報が食品としての情報しか出てこない。

「だが、斬れるのか？　いや、店主殿に借りたあの剣でなら行けるだろうが」

「あれを基準に考えてはいけないぞ？　あれは素人が適当に振っても鉄くらい切ってくれる」

「試してみるべき」

この辺で最も硬い魔物がこの首領石トータスだ。こいつに通用するのであれば、この辺りの魔物すべてにこの剣が通用するということだ。

「店主殿」

「大丈夫だと思うよ」

普通に振るっても切り込みくらい入れられるだろうし、魔力をある程度込めれば問題なく斬れるはずだ。

「店主殿がそういうのであれば、試してみよう」

ケーシーさんが剣を構えると、首領石トータスがその気配を感じて手足と首、尻尾を閉じ込めた。

更に体から灰色の魔力の波が全身に生まれる。

全身の防御力を上げる硬化魔法だろう。

こうなると、普通の刃物はおろか斧やハンマーでもビクともしないらしい。

「では、行くぞ！」

「あ」

ケーシーさんが剣に魔力を込めて構える。

そして上段から真っすぐ剣を振り落とした！

イドとオレの前に慌てて浮遊する絶対防御を浮かせて防御態勢を取らせた。

「すごい……」

イドの呟きが、発せられた熱量にかき消えていく。

いや、魔力を込め過ぎた。

「はあっ、はあっ！」

振り下ろした剣の姿勢のまま、肩で息をするのはケーシーさん。

その前には真っ二つになる絶命した首領石トータスと……。

「やりすぎだ」

大きく切り開かれた地面であった。

「す、すごいな店主殿！」

「普通に切ればいいのに……なぜ必殺技を」

「さ、最大威力を試してみたくて」

そう言ってマナポーションに口を付けるケーシーさん。

準備がいいことである。

第四話　素材を求める錬金術師

「結局、月見草の問題も解決しなかったし。そろそろ満月だ。素材の回収に出かけたいと思う」

「はい、マスター」

「いいわよ？　いつ出るの？」

「明日から、長くても一週間くらいかな」

「お弁当の準備しないと！」

「お店に告知文と、教会へご挨拶をしないとですね」

　確かに。冒険者以外の怪我人や病人は滅多に来ないが、ギルドに近いここが使えなくなると教会に患者が集中するだろう。ポーションなどの薬品類をいくつか納めておこう。

　そんな夕飯時にリアナとセーナに言うと、イドがフォークをお皿に落下させた。

「わ、わたし、の、ご飯、は？」

「一週間分のお食事、用意しておいてもいいですけど……どこか宿に泊まられては？」

　不安そうな言葉を口にするのはセーナだ。

　うん、オレも三日で食事が消える未来しか見えてこない。

　勝手に店に出入りできないようにはできるが、イド一人でお店も任せられないのに出入りしているいると勘違いする人が出るかもしれない。

「セーナのご飯が、ちゃんと食べたい」

「あ、えっと」

「セーナのご飯が美味しい」

「あ、ありがとうございます」

セーナが照れた。他人相手には珍しい。

「仕方ない、わたしが護衛する。一緒に行けば食べ放題」

「や、限界があるからな？」

「セーナのご飯、野営バージョンに期待」

「頑張らせていただきます」

食料品を多めに買っておいたほうがいいような気がしてきた。

オーガの里に行って家畜をいくらか分けてもらうか？

「でもSランクの護衛を雇うのはなぁ」

そんな難易度の高い場所にいくつもりはないのだが。

「ギルドでも街の貴重な錬金術師を危険に晒すのは良くないと言うはず」

「そんなもんかねぇ」

「街から出て、そのまま戻らない人間も多い。監視役も必要」

「そこまで縛られる云われは……あるな」

土地の貸し出しの優遇や準備金、それに一部の免税などなどかなり好条件で住まわせてもらっていたのを思い出す。

「でも出かけるなら護衛が必要……リアナは知らないけど、セーナの戦闘力では心もとない」

「セーナは対人戦のが得意だからな」

イドに負けたので何とも言えないが、セーナの戦闘能力は魔物戦よりも対人戦や探索向きなのである。

クラスメート達は魔物など物ともしない連中だったが、人間が相手となるとどうしてもブレーキがかかってしまうのが現代人の弱点だった。この世界ではそれが致命的であった。そこでセーナには室内や街中でも戦えるよう、様々な武具の扱いに精通していた【バトルマスター】の南明《みなみあき》穂《ほ》と罠探知や探索能力に秀でた【大盗賊】川北栞《かわきたしおり》の特徴を用いて作ったホムンクルスだ。

「魔物相手では不利」

「不利ってほど不利じゃないわよ！」

「わたしより弱い」

「むうっ」

「セーナを作ったのはオレなんだから限界があるよ。セーナも気にするな。お前は弱くないとオレは思うし、弱いとしたらオレのせいだ」

「ご主人様……」

クラスメートの純戦闘職の連中と同じくらい強いのがエルフだ。あいつらと同じくらい強いホムンクルスなんてオレの技能では作れない。

まあ装備で色々誤魔化せばいけなくもないけど……色々誤魔化した結果ゴテゴテの戦闘マシーンと化すのでやらない。

「フルアーマー・セーナを見せてあげたいわ！」

「フルウェポン・セーナよ」

「気になる」

「気にするな」

エーテルを大量に使用するから燃費が悪いのである。

「それはそれとして、護衛する。報酬は一般的な額でいい。なんならいらない」

「まあ、それならいいか？」

「わたしがいた方が、街からも出やすい」

「そういうもんか」

確かに、森に行った時やケーシーさんの剣の試し斬りの時も街から出るのに渋られた記憶がある。

冒険者以外の人間の出入りに、街の兵士達も敏感になっているのかもしれない。

◇◇◇

「平和ね」

「それが一番じゃない」

オレが馬車の御者台に乗り、リアナとセーナは馬車の中だ。

左右には乗馬したイドとケーシーさん……ケーシーだ。一緒に旅に出るならと口調は楽にしてくれと言われたので呼び捨てで呼ぶことにした。

「まさかケーシーがついて来るとは」

「ギルマスからの依頼だ。それに店主殿には借りがある」

「普通に仕事を受けただけなんだがなぁ」

「ジェイク殿の例もあるし、末永く付き合っていければと思っているんだ」

「わたしがいるから問題ないのに」

不満気な声を出すのはイドである。

「それは出る前にも話したであろう？　三人を一人で守るのは……イド殿であっても容易ではあるまい」

「問題ない」

ギルドでひと悶着《もんちゃく》あったのが、護衛が一人では問題だということだ。

いくらエルフのイドの強さが保障されているとはいえ、野営中の見張りや魔物の集団に出会った時には一人では手に負えない場面が来るかもしれないという懸念。

本当はもう一パーティくらいつけるべきだというのがギルドの見解だった。

人数が増えれば、その分移動速度に支障が出る。今回は満月の夜が来る日までに目的地に付かなければならなかったのでそれは却下させてもらった。

冒険者ギルドのギルドマスターであるスピードリーを説得し、ケーシーの同行のみに踏みとどまらせた。

「今回の素材は、絶対に入手しないといけないからな」

今回取りに行く物は、死者の蘇生に使うアイテムの素材だ。満月の時にしか取れない以外は難易度は高くない。だが一度逃せば次に獲得できるのは一カ月後。秋や冬になると素材の入手量が極端に減るからあまり逃したくはない。

「でも、食い扶持が増えると食事の量が減る」

「や、めちゃくちゃ買い込んだよな？　食料」

「増えた分だけ、わたしは食べたい」

「我がまま娘め」

「いい女でしょ？」

「意味が分からないが……」

「エルフは健啖家が美人の条件」

「そうなの!?」

「そう。それと腕っぷし」

「そっちは何となく分かるわ」

よく分からない種族である。

「ん、前方に待ち伏せの気配」

「お？」

「人間、盗賊か？」

「エルフのイド殿がいるのに、剛毅なことだな」

「見えてないんじゃ？」

「それもあるか」

この距離ではエルフの特徴である尖った耳を認識できないかもしれない。

「どうする？」

「わたしが先行する。わたしを見れば多分逃げる」

「逃がすのか？」

「倒しても食べれない」

「そうっすか」

イドが馬に合図を送ると、早足に前へと進み出る。

それに伴いこちらはペースダウンだ。

挟み撃ちを警戒すると言い、ケーシーは馬車の後方に移動。この辺の動きはプロっぽい。

イドが弓を使い矢を放っていた、その後手を挙げてこちらに合図を送る。

問題なく通れるようだ。

「逃げたか？」

「だろうな」

相手はエルフだ。オレも逃げる。

「しかしこちらの領は盗賊が出るのだな。珍しいとは言わないが、王都に近い領なのに荒れているとは」

「税が高いんだよなぁ。アリドニアに来るときに通ったけど、通行税も高いし食料品も高かった。そのせいで宿代も高いし」

ジジイの命令書という名の紹介状がなかったら、街を通過する時にもっと金をとられていたかもしれない。

「あまりいい領ではないのだな。しかし、そんなところにも店主殿は向かうのか」

「素材は場所を選んでくれないからね」

人間の都合で引かれた国や領の境界線など、動植物にも魔物にも関係がないのだ。

「盗賊はアジトが近いと問題だな」

「殲滅するか？」

「必要な時に頼むよ」

そんなことを話しつつケーシーと共にイドと合流。

「討伐完了」

「お、おお」

適当に威嚇《いかく》して散らしただけかと思ったが、しっかりと殲滅していたご様子。

盗賊と思われる人間が三人倒れていた。

「エ、エルフだと思わなかったんだ！　勘弁してくれ！」

「畜生！　もっと早く逃げ出せば良かった！」

倒れている三人のうち一人は絶命している様子。残り二人は足に矢を受けて地面に転がっていた。

「盗賊は悪」

「そうだな」

「そして盗賊は宝箱」

鼻をフンスと鳴らしてイドは嬉しそうに言った。

「ひぃいいいい！」

「まあお宝を蓄えている盗賊はそうはいないけどなぁ」

「金はそこそこ持っていることが多い。それと装備や魔道具」

「まあなぁ」

金品は消費されずため込まれることが多い。連中や連中の蔓延《はびこ》るエリアでは装飾品などの貴金属は換金しにくいのである。

それと護衛の武装した人間の装備品。盗賊達がそのまま使うことも多いが、鎧などは体型の関係上使用できないこともあり、そういったものが保管されているのである。

しかも鉄製の装備品は装飾品と比べると売りやすい。

魔道具は鑑定して買取するのオレだよな？

「それで、アジトはどこか聞いたか？」

「これから」

「余り時間はかけないでくれ」

「こいつら次第」

イドは倒れた二人の盗賊の足から矢を引き抜く。

「「　ギャッ！　」」

連中の上着の袖を破って足に縛り付けた。止血のつもりだろうか。

そのまま黙々と両手を縛りロープを結んで、オレの馬車の後ろにロープを括りつけて満足そうに頷いた。

「イドさんや？」

「大丈夫、拷問《ごうもん》は得意」

「や、お二人とも泡吹いておりますが……」

立ったまま。

「慈悲はない」

「や、いらんけど」

イドが自信満々に言うのでそのまま馬車を動かす。

馬車の後ろで軽い悲鳴が聞こえた気がするが気にしないように。

てか泡吹いてたのに意識戻ったたか？

◇◇◇

「ああ、見えて来たな」

「でも少し様子がおかしい」

盗賊とおぼしき連中を捕まえた翌日、目的地に向かう途中で立ち寄る予定だった村が見えてきた。

だが、どう贔屓目《ひいき》に見ても戦闘中だ。

しかも騎士団と……ゴブリンか。

「そこの馬車！　止まれ！」

村から馬に乗った騎士がこちらに走ってきた。

面倒事の匂いがするが、大人しく指示に従う。

「エルフだと？」

イドを見て眉を顰める騎士。まあ滅多に会える相手ではないからねぇ。

「騎士様、何事でしょうか？」

「お前達こそこの村に何用だ？　通知は見ていなかったのか？」

「通知？」

「近隣の街や村に、討伐隊の通知を出しておいたはずだ」

「え？　見た？」

「見てない」

「そもそも近隣の街や村に寄ってないではないか」

そうだった。変な村に寄っても夜盗に襲われたり無駄に金を要求されると思ったのでスルーしていたのだった。

「錬金術師のライトロードです。素材回収とその情報収集に来ました。この二人はSランクとBランクの冒険者の護衛です」

怪しげな視線を受けたので早々に自己紹介をして騎士に身分証明書を提示する。

「お前達だけか？」

「馬車の中にあと二名います。平民で冒険者でもないので、クラストの街の住民書しか持ち合わせていませんが」

ギルフォード卿のとこの執事さんに発行してもらった物だ。

というか、この騎士もなんでこんなところにいるんだ？

「王都の騎士様がなぜこちらに？　ここはセインドル領かと思っておりましたが」

掲げている旗が国の第三騎士団だっけか？　の物だ。

第一騎士団が城を中心とした王都の守護部隊、第二が王領で第三が魔物討伐の専門部隊だったはず。

第四・第五は治安維持部隊で、魔王軍と戦った時に同行した部隊だ。他にも細かい部隊はいたが割愛。

各領には領主の領軍、騎士団と兵士の混合部隊がいるはずだ。

「こちらの事情だ。それよりも現在この村では我ら騎士団の作戦行動中だ、ご遠慮願いたいところだが」

「魔物に襲われているようですね。村人に生き残りは？」

「村の衆の頑張りで何とか間に合ってな、今は騎士団の防御の陣の中だ」

「ではそちらに参りましょう。聞きたいことがありますので。代わりに怪我人を看ます」

「……分かった案内しよう、それと……後ろの二人は？」

「あ、忘れてました。そっちで世話してもらえます？」

馬車の後ろには盗賊がくっついていたんだった。

訓練された騎士達、ゴブリン程度なら物ともしない様子だ。

ただ、村の中に入りこまれると厄介である。

先日、うちの領に出たゴブリンの残党だろうか？

「旅の錬金術師を案内してきました」

「そうか、後ろのは？」

「途中で確保した盗賊だそうです。引き渡しも求めております」

「分かった。そちらは……まあ問題なさそうだな」

「ええ、そう考えられてよいかと」

案内の騎士の人が更に偉そうな騎士に声を掛ける。偉そうな騎士はイドの顔を見ると顔をひきつらせつつも、オレらを受け入れることを決めてくれたらしい。

「エルフを連れられているところを見ると、何か重要な案件でこちらに参られたのですな？」

「オレ、私の護衛です。クラストの街の錬金術師、ライトロードにございます。錬成に必要な貴重な素材の回収に足を運びました。連れは冒険者二名と従業員二名でございます」

身分証明書の提示。

「Aランクであるか！　っと、すまん。ダランベール王国第三騎士団特別遠征部隊、代表のグランベル＝モード公爵である。錬金術師であるならば薬を売ってくれぬか？　不足している訳ではないがゴブリン達に家を荒らされている者がいて、病魔の発生の危険がある」

なんと王族の方でした。会ったことない人で良かった。きっと直系の方ではないのだろう。

馬車の御者台から降りて臣下の礼を取る。

ダランベールの名を名乗らないことから、王位継承権からは遠いか辞退された方なのだろう。

「そういう事情であればお手伝いできるかと思います」

「楽にしてよい。同行しているシスターへの負担が思ったよりも多くて参っていたのだ」

騎士団の遠征には色々と人が同行する。教会のシスターもその一人であろう。

シスターではないが、リアナが同じようなことができるので手伝わせることが可能だ。

「あちらのテントですか」

「ああ、薬は会計係を向かわせるから現地の村長と相談する形になる。料金はこちらで支払おう
……後日支払いは可能か？」

「契約書を作ってもいいのであれば」

口約束なんてあてにならない。

「問題ない。それではシスターのフォローを頼む。ああ、馬車のままで行っても構わない」

「了解しました。イド、適当に暴れてきて。ケーシーは引き続きオレの護衛を頼む」

「ん、体を軽く動かしてくる」

「分かった」

ゴブリンの数はかなり多そうだ。多少手を貸して恩を売っておこう。

それにイドは村人に怖がられる可能性があるから、戦場に出しておいた方がいい。戦いに出た
エルフほど頼りになる存在はいないのだから。

「それと閣下に世間話を少々」

「む？」

「先週、いや。もう先々週かな？　アリドニア領クルストの街の東、広大な森でゴブリンロード

が発見、討伐されました」

「誠か！」

「ええ。その際に多数の上位種も確認されております。現在アリドニア領主、ソフィア＝アリドニア様主導で残党のゴブリン討伐作戦が継続されております。相当数のゴブリンが討伐されました。私も魔道具の提供やポーションの供給で協力させていただきましたので千を超えるゴブリンの群れをこの目で見ております」

「そうであったか」

「残党の可能性が考えられます。ロードは既に討伐されておりますが、ゴブリンの集落などは見つかっていないそうで、領軍の騎士達が森を何度も捜索しております。こちらからはかなり離れておりますが……」

「そちらから逃げ出したゴブリン達であったかもしれぬ、か」

「私もそう考えます。最初に確認されてから、日数が経っておりますので移動も可能かと」

何か考える素振りを見せるグランベル卿。

「良い情報であった」

「いえ、お力になれたのであれば何よりであります」

さて、シスターさんとやらの力になりに行きましょうか。

◇◇◇

騎士団の張ったテントがちりばめられ、そこに村人が着の身着のまま休んでいた。

慌てて連れ出されたんだろうなぁ。

村の人間は三〇人くらいだろうか？　小さな村のようである。

「錬金術師様、こちらでございます」

「ああ」

怪我人の処置はあらかた終わっているようだ。騎士や兵士の人間もポーションによる回復が既に済んでいる。

死者もいないようだ。何よりである。

「怪我人はあまりいないようですね」

「毒矢を食らい、戦線から引いた騎士と兵士が何名かいます。毒の特定がまだです」

「毒矢そのものはあるかい？」

「地面に落ちた物も何本か回収致しました」

「了解だ」

基本ができているのは素晴らしい。

馬車からリアナに出てきてもらい、机と魔法陣の書いてある布を広げてもらった。

持ち合わせのリアナ製の聖水も準備し、魔法陣の中心に矢を置いて解析する。

「蛇の毒だな。こいつの種類は……」

毒の種類はまず毒の大元の持ち主が分かると早い。

魔法陣が解析し、いくつも浮かび上がる文字に目を向けつつ保持している魔物図鑑を広げる。

いくつか条件が合致する魔物がいたので、近くにいた村長さんと村人に質問。

「この辺りでこのヘビは見たことあるかい？」

図鑑を開くと、何人かの村人が首を横に振っている。成分は近いから解毒は可能かもしれないけど、できれば完全に判明した方がいい。

「村の狩人を連れてきます」

「ああ、頼む」

狩人なら村の近くの動物や魔物に詳しい。

村長や村の狩人、それに森を出入りできる大人の男性何人かに声を掛けて毒蛇の種類を無事に断定。

適合する解毒薬がなかったので、手持ちの解毒薬を数滴垂らし変化させて矢を解毒剤に漬けて効果の確認を行う。

問題なく作用したことを確認。完成した解毒剤は同行シスター（おばあちゃん）に手渡した。

おばあちゃんシスターはそれを受け取ると、手際よく患者に処方。

騎士や兵士達の顔色が目に見えてよくなるのが分かった。

即死系の毒じゃなくて良かったね。

「こんなものかな？」

「助かりました」

「いえいえ」

頼られるなら役にしっかり立つに越したことはない。

おばあちゃんシスターが魔力温存していたので、リアナが軽症者や体調不良者を診断。

リアナの笑顔に絆された男性陣が奥さんやらご家族やらにはたかれている光景を見るに、そこまでひっ迫した状況じゃないことが伺える。

村人達も落ち着いたことだし、今後のことを考えて疫病対策の薬と魔物に荒らされた場所に散布する消毒液を用意。これがないと建物を燃やす羽目になるのだ。

村の人達に使い方の説明をし、ついでにこっちの用件の質問をする。

「この辺りに月齢樹があると聞いたのだが」

「ええ、ございます。ちょうどゴブリンが出て来る森の方角になってしまうのですが……」

そう言って地面に村と森、そして月齢樹の位置を木の枝で簡単に描いてくれた。これは助かる。

「この辺りは昔からオークの縄張り、あまり安全とは言えませんが」

「そのために腕利きの護衛を雇っております。ほら、あそこで暴れている女性、エルフですよ」

「おお！　神兵との噂もある戦いの神の一族でございますか！」

実際には戦いの神様の種族ではなく、単純に戦闘民族なのですが。

まあその辺はスルーして森の状況も聞く。

「ゴブリンが大量に出てきているけど、オークはどうなっているんだろう？」

「恐らくでございますが、ゴブリンは何かから逃げているようでした。逃げた先がオークの縄張りだったため、横に逸れて森から出てきているのではないか、と」

「何かから逃げたね」

「村の人間がドラゴンを見たと言っていましたので。それかと……しかし本物のドラゴンなど見たことがないので、何か大きな魔物と勘違いしたのかもしれませぬ」

「どちらにしろ、穏やかな状況ではないですね」

「ええ。村の衆もゴブリン程度には負けない戦士達でございます。ですがそのような巨大な魔物であれば太刀打ちできるかどうか……そこで領主様へ救援の依頼を出させていただきましたら」

「何故か王国騎士団が来たのか」

オレの言葉に村長さんが頷く。

解毒を終えたが、矢を受けて出血もしたため休んでいた騎士の一人がオレに声を掛けてくれた。

「この領で、自分自身の影に襲われたという噂が流れていてな」

「まさか⁉　そうであれば……」

驚きの声を上げる村長さん。

「ああ。もしそれが真実であれば、この領も長くはない。本来であれば第四・第五騎士団の仕事なんだが、まだ戻ってないからな」

「魔王軍との戦争の後処理がありますものね」

「そういうことだ。確認作業に赴く前にこの村の救援に走っていた村人と会ってな。部隊を分けて我々はこちらに、残りは領都に移動している」

「自分自身の影、かぁ」

やばい、ほしい。

「店主殿、自分自身の影というのは？」

「ああ、貴族達や騎士団にしか知られてないか？　多くの人間の不平や不満が同じ方向に向いていると発生すると言われる『ドッペルゲンガー』という魔物だ」

「魔物なのか」

「ああ。北の領で何度か戦った。昼間は人間の影に潜んで隠れて、影が広がる夜になると実体化し、影の元々の持ち主と同じ形をとってその人間に襲い掛かる。その後で同じ不平・不満を持っている人間に襲い掛かり、朝になるとまた誰かの影に潜む厄介な魔物だ」

例えば疫病の流行の噂とか、例えば魔王軍の接近の噂とか、例えば領主の圧政への不満だとか。そういう噂が噂を呼び、拡大すると発生する魔物である。

王都側にまでそんな噂が流れれば、噂の内容によっては国が主体となって噂の真偽を確認しなければならない。

『ドッペルゲンガー』はその噂が晴れるまで、発生し続けるのだから危険なのである。

「欲しいな」

「え？」

「ドッペルゲンガー、すごく欲しい」

正確には、ドッペルゲンガーの躯が欲しい。

「魔物なのであろう？　討伐されてしまうのではないか？」

「何が原因で出てきているのか分からないが、原因がある程度解消されるまで発生し続けるからな」

専門の知識を持ったオレみたいな人間が対応しなければ、単純に討伐しても翌日には復活するのがこの魔物の特徴だ。

ジジイも欲しがっていたから、ジジイの耳に入っていなければよいのだが。

「その噂は、国王陛下の耳に入られてるから騎士団の皆様が動かれているのですよね？」

「勿論だ。陛下の命令なくば、我らは動かぬ」

どちらにしても明日が満月、早く月齢樹を片付けて早急に領都に移動しなければならないな。

◇◇◇

夕方になる少し前の時間、イドの活躍もありゴブリンはすべて討伐された。

消毒液は勝手に使ってくれればいいと樽で村の中心においていき、急いで村を発つ。

一日余裕があるとはいえ、広大な山林に向かうのだ。月齢樹の場所まで行くことを考えると時間に余裕がある訳ではない。

「ライトロード、このままこちらに残ってはくれまいか？」

「申し訳ございません。この機会を逃すと、次に採取できる保証がありません。それほどに貴重な薬の材料なのです。人の命に関わる話ゆえ、閣下のご命令でも聞くことはできません」

はっきりと断っておくのが大事だ。

人の命を蘇らせるのに関わる薬。教会と敵対する可能性もある薬だが嘘ではない。

「そうか。護衛を付けるか？」

「その方がイドよりも強いのであれば喜んで」

オレの言葉に頬をひきつらせるグランベル閣下。

エルフより強い護衛じゃないと役に立たないよーって言っているのだ。

確かに気分は良くないだろう。

「それでは御前、失礼致します」

挨拶もそこそこにオレは馬車に乗りこむ。御者台にはセーナとイドだ。

イドとケーシーの馬は村に預けて、ここからは馬車一台で山に向かう。

馬車で行けるところまで行って、そこから先は徒歩だ。

◇◇◇

徒歩での移動になり、森に入る。山間から夕陽が差し込み視界の明暗がはっきり分かれている。

暗い場所では、夜のように暗いので松明代わりに光の球をリアナが浮かせて照明にしている。

「調べによると、この森にはゴブリンやオークの他に、トレント、小型のボア種の魔物それとカマキリの魔物が出るらしい」

勿論他にもいるが、人間に危害を加えて来る可能性のある魔物はそれらということだ。

小型の魔物はもっといるだろうが、人間というか自分より大きい生き物から逃げ出すタイプなので滅多に襲い掛かってはこない。

「ご主人様、ここは月見草が多いですね！　ほら！」

先頭の少し前を歩き、月見草を採取しながら周りを警戒するのがセーナだ。

その横にはイド。

オレの傍にはケーシーとリアナだ。

イドが広域で敵の感知を行う。大盗賊の才のあるセーナも感知はできるが、採取を中心に行動しているのでイド任せだ。

ビーストマスターの才のあるリアナも魔物の感知は行えるが、イドやセーナの能力には劣る。二人が見落としていない限り出番はないだろう。

ケーシーも感知をできるそうだが、イドが凄すぎて出番がない。

「この先、魔物の数が多い。何かの群れがいるかもしれない」

「ご主人様、確認してまいりますね」

「頼んだ」

メイド服のセーナがスカートを気にしながらも木々に飛び移り、敵の位置を探りに移動を開始する。

森で育ったイドも中々だが、気配を消す能力はセーナの方が高いらしい。

イドはこちらに合流し、弓を構えた。その姿に、ケーシーも剣を取る。

「店主殿、どうする？」

「相手の種類と数によるかな。できれば戦闘は避けたいが、月齢樹の位置によっては殲滅した方が安全に採取できるかもしれない」

村長からの話だと、オークの縄張りだ。数がまとまっているとなるとオークの可能性が高い。

オークは雑食の魔物だ。豚の顔と大きな体。そしてその体の大きさに見合う大食漢。人間を見ればほぼ間違いなく襲い掛かってくる。しかし頭はそこそこいいので、人間の村には襲い掛からないし、勝てない相手ならば逃げてくれる。

「問題は集落があった場合だな。逃げ場がないとなればこちらに襲い掛かってくるかもしれない」

流石に巣を攻撃されて反撃してこない魔物などいない。

圧倒的な力の差を見せても死兵と化す可能性もあるのだ。

「臭いから考えて、雑食性の魔物」

「やはりオークか？」

「ゴブリンかもしれない。実際に見るか報告を受けるまで、決めつけるのは危険」

「流石はイド殿」

ゴブリンは小さいから魔法を当てるのは面倒なのだ。オークの方が楽に倒せる。

声を抑えて話していると、セーナが地面に降り立った。

「オークの集落でした。数は外に約三〇体、藁ぶきの家が二〇で中にそれぞれ二、三体といったところです。その先に月齢樹もあります」

「月齢樹の蜜の匂いに釣られる動物や魔物を狙う感じかな」

「恐らく。虫の魔物を多く捕まえているようでした」

「そうか」

それじゃあ殲滅するしかないかな。

「イド、ケーシー。任せていいか？」

「問題ない」

「ええ。この剣があれば負ける気はしないわ」

「炎の攻撃は使わないでくれよ」

「わ、わかっている！　私も森を炎上させる気はないぞ」

「オレ達も後方から向かう、前衛は任せた」

オレの言葉に二人は力強く頷いてくれた。

◇◇◇

「はあああああ！」

「ふっ！」

イドとケーシーが剣を構えてオーク達に立ち向かっていった。

「せいっ！」

「はあ！」

そしてセーナは弓で、オレは魔道具の杖から氷の矢の魔法を放ちオーク達を迎撃していく。

オレ達の襲撃に目を剥くオーク達が、イドとケーシーに切り伏せられて行く。

「ウィンドカッター！」

少し離れた場所にいたオークの体を、イドの放った風の刃が切り刻む。

剣を慌てて構えるもの、素手のままこちらに向かおうとするもの、そして呆然とする者と様々いる。そして、立ち向かおうとする者はイドとケーシーに切り殺され、遠くにいるものはセーナの弓とオレの魔法が叩き伏せていった。

「ぐもおおおおお！」

「ぶもおおおお！」

雄たけびを上げるオーク、集落の建物。というよりも雨を防げるだけ程度の家や木の葉などで囲まれた家からオークが追加で出現する。

「潰せ」

オレの両肩に浮かんでいた【浮遊する絶対防御《フロート・ガーディアン》】を飛ばして、逃げ惑うオークにブチ当てて地面に叩きつけ、潰す。

防御力の高い金属の塊だ。これで叩きつけるだけでもオーク程度なら倒せる。

更に杖の先端を地面に付けて氷の魔法を発動。

「フロストスネーク」

地面を氷の蛇が這いずり、オークに襲い掛かる！

この氷の蛇に巻き付かれたオークは全身が凍り付き、氷の彫像になり……砕けて死ぬ。

「店主殿も中々に強いな」

「道具のおかげだ」

手作りだけど。

「セーナのご主人様だもん！　強いに決まっているわ！」

「私達の、マスターです」

セーナは弓を引き絞り、次々とオークの頭を打ち抜いている。

リアナはオレの横でニコニコとセーナの言葉を訂正。こういった混戦で、リアナの能力は発揮されにくい。誰かが怪我をしたら回復魔法を出す役だ。出番がない方がいい。

「これで、最後っ！」

イドが最後のオークを真っ二つに切り裂いた。

これで周りに動くオークの気配はない。

「終わったか」

オレは言いながら杖の先の氷の魔石を取り出し、大地の魔石に変更。

オークの死体の特にまとまっている場所の地面を陥没させて、オークの死体を飲み込ませる。

「あそこに死体と集落の残骸を投げ込んで。最後に火をかける。イドは周りの警戒を続けて」

「分かった」

「ん」

オレの指示にリアナとセーナ、それとケーシーがオークの巨体を引きずって穴に投げ込んでいく。

リアナが片手でオークを持ち上げて投げ込んだのをみてケーシーが驚いていた。

リアナは戦闘能力が高い訳ではない。でもホムンクルスだから力は人間以上ある。

「リアナ殿も強いのだな」

「戦闘は得意ではありませんけど」

そんな会話が聞こえてくる。

オークやオークが確保していた生きていた魔物もまとめて穴に投げ込んで、ある程度数が揃ったので、油を撒いて火をつけた。

穴はそこそこ深いので、多少強い風が吹いても森に延焼することはないはずだ。

「さて、ここは広いから野営には向いてるかな」

満月は明日だ。

こんがりしたオーク肉の匂いで魔物が寄ってくるかもしれないが、月齢樹も近いので適している。

月齢樹を野営地ごと柵で囲って防御陣営をひいてしまうことにしよう。

◇◇◇

「大きな魔物がいるって言ってたけど、あれかぁ」

「たぶん」

「恐らくそうであろうな」

「大きいです」

「でもハクオウ様ほど大きくないね」

現れたのは超巨大なトカゲだ。

ゴブリンイーター。通称、ドラゴンモドキ。

でっかいコモドオオトカゲのような見た目だ。

口は大きいが、舌が細いのが特徴で、その舌の細さでからめとるのにゴブリンが最適のサイズなため、ゴブリンを主食としている。

丸呑みするので、偶にハラの中から攻撃されてのたうち回っている姿が確認される可愛い奴である。

「珍味」

「マジでか！　あれを食うのかイド殿⁉」

「前足の太ももがジューシー」

「あの巨体を支える足か、少し硬そうだが？」

「試してみましょう！　首領亀のスープも美味しかったですし」

そういえば作ってたね。

「オークのこんがり焼ける匂いに釣られたのかな？」

「オークの匂いに吸い寄せられたゴブリンに吸い寄せられているように見えるのだが」

柵の外にゴブリンが大量に沸いていた。ほんと、どこから出て来るんだこいつら。

柵の内側は安全だし、死体を転がし続けるのも面倒だったので五月蠅かったけど放置しておいたのである。

そしたらあいつが湧いた。

まあ遠目から歩いてくるのが見えていたけど。二匹ほど。

「ゴブリンをたっぷり食べてもらおうか。死体を処理するのも面倒だし」

「あいつ、この結界を超えて来ないだろうか？」

「世界樹の柵、問題ない」

ゴブリンイーターは巨体ではあるが、魔力を使った攻撃はしてこないらしいので体当たりくらいでしかこの柵の結界に攻撃できないはずだ。

そして、魔力も伴わないただの体当たり程度でこの柵が破壊される心配はない。

「捕食が始まったな」

長い尻尾を引きずりながら、細長い舌を伸ばしてゴブリンを巻き付けて飲み込んでいくゴブリンイーター。

舌の動きが機敏で正確。一匹一匹丁寧にゴブリンを処理していってくれている。

体が巨大だから、ここのゴブリンの大半を食べてくれることを期待。

「食べ放題だなぁ」

「入れ食い」

二匹のゴブリンイーターが慌てて右往左往するゴブリン達を次々と舌でからめとって飲み込んでいく。

非常に機嫌が良さそうだ。

見ていると、体格の小さいゴブリンの中でも小型のものを優先的に食べている様子。魔物博士になるつもりも気取るつもりもないが、非常に興味深い。

ゴブリン達の中には粗末な剣を振り回して抵抗する者もいるが、ゴブリンイーターの堅い鱗を突破できず、偶に尻尾の攻撃を受けて吹き飛ばされてしまっている。

ゴブリンイーターのドラゴンモドキと呼ばれる所以は見た目だけでなく、下位のドラゴンと同程度の鱗の防御力だ。

上級装備と言われる部類の物に使われる地竜や火竜と違い、魔法耐性そのものは低いが、子供サイズ程度しかないゴブリンの筋力で突破できる物ではない。

食物連鎖の圧倒的な上位種による捕食劇が眼前で広がっている。

「む、お腹が満たされたか？」

「かも」

いくら巨体といっても、ゴブリンほどのサイズの魔物を二〇も三〇も食べれば満腹になるのだろう。

ゴブリンイーター達は満足気な表情で踵を返そうとする。

「どうせならこの木を守ってもらいたいなぁ」

「マスター、声を掛けてみましょうか？」

リアナの言葉にオレは少し迷う。

「イド、倒さないでもいいか？」

「もっと美味しい物をくれるなら我慢する」

食いしん坊さんの許可が出たのでオレはリアナに頷く。

リアナは柵を乗り越えて、危険地帯に飛び込んだ。何をするのか分かったのか、セーナがリアナのガードについた。

イドにも頼む。

「お待ちなさい」

魔力の籠った力ある声が辺りに響き渡る。

右往左往していたゴブリン達の注目も集めてしまうが、セーナとイドがいれば問題はないだろう。

「お待ちなさい、力ある者よ」

セーナは瞳に更に力を込めてゴブリンイーターに問いかけを行う。

その瞳を受けて、ゴブリンイーターは首をこちらに向けた。

「ここは貴方達の安住の地。ここは貴方達に与えられるべき土地、そしてここは貴方達が守るべき土地」

ゴブリンイーター達に直接的な言葉はおそらく通じない。そこまで知性のある魔物ではないのだ。トレントディアのように送られた思念とリアナの感情を思考できるほど知能レベルは高くないだろう。

だからリアナが放っている言葉は、あくまでもリアナがイメージしやすいように紡いでいるにすぎない。

「この木が貴方達の餌を運んでくれます。この木を守りなさい。この木があれば、貴方達は食事に困らないでしょう」

ゴブリンイーター達は目を細めて首を上げ、月齢樹を見つめる。

足元のゴブリン達を無視して、こちらに悠然と歩いてくる。

セーナとイド、それぞれ持つ武器に力が入るが、それをリアナが手で制した。

ゴブリンイーター達はそこで体を伏せた。

「いい子達ね。私達は今夜、ここを去ります。そこから先は貴方達の自由、いいわね？」

ゴブリンイーター達は鳴き声を発さない、でもなにか喉をゴロゴロと鳴らしているように見える。

「ご主人様、完了致しました……次来た時にはいなくなってるかもしれませんけど」

「いや、助かるよ」

気が付けばゴブリン達も姿を消している。

襲われる心配はなくなっても、近くにいるのは嫌なのだろう。

「さて、あとは夜を待つだけだな」

そして満月の輝く夜になったため、月齢樹の樹液を採取すべく蛇口タイプの魔道具を差し込んで樹液を獲得した。

この樹液は二人の亡骸を包み込むために使用するので、量がいる。

最近採取されていなかったのか、それとも単純にこの木の樹液の保有量が多いからか、必要な分以上の量を無事に採取することができた。

オレは緩む頬を抑えつつ、月齢樹の生えた山を後にするのであった。

◇◇◇

山を下り、先日の村に戻りイドとケーシーの馬を回収。

まだ騎士団の面々も残っていたので、グランベル閣下に森の魔物がゴブリンイーターだったと報告を済ませた。

騎士団達は村を囲う柵の補修や、ゴブリン達によって荒らされた畑の修繕に奔走している。

おばあちゃんシスターに薬を求められたり、村長にポーションの備蓄を要求されたりしたので、改めて閣下と契約書を締結する。

この契約書は自分の名前では締結しない。オレの立場が平民なので、支払いはソフィア様に行うようにした。

領に帰ったらこの契約書をソフィア様に渡し、お金の回収は頼りになる領主様にお願いする。

「後で文句言われそうだな」

以前はジジイの名前を借りていたが、オレはアリドニアの領民になっているから……そういえば、ジジイの名前で作った契約書の請求してた金はどうなったのだろう。

そんなことを考えつつ、若干引きつった閣下に笑顔を返しておく。

いや、正規の値段ですよ？　輸送費取らない分、お手頃価格ですよそれ。

まあ消毒液って元々高い上に量が必要だからね。

しかも村で使う消耗品の日常薬やポーションまで購入の肩代わりしてるんだ。相応の値段がするのは当たり前だ。

向こうの秘書官も難しい表情をしているが、辺境の村で購入するには明らかに安いためこちらを悪者にもできない。

「……分かりました。消毒樽は二樽献上品と致します」

「誠であるか！」

「ええ、閣下もこの地をお救いに来られた英雄です。私もこの村が滅んでいれば必要な素材を入手することが叶わなかったかもしれません。彼らに素材の場所を教えてもらったのですから」

オレの言葉に秘書官さんも嬉しそうな表情になる。騎士団の予算も無限ではないからね。

「ライトロード、すまぬ。必ず残金はアリドニア伯に届けよう」

「信頼しております、閣下」

契約書を締結させ、森の中の状況を詳しく話す。

オークの集落を壊滅させたと言ったら目を見開いていたけど、エルフがいるならその程度当たり前かと納得してくれた。

うん、実際当たり前だから何ともいえない。

月齢樹の地点、村人も知っている人が何人かいるがそこには極力近寄らないように伝えておいた。

元々オークの縄張りだったから村人達は近づかないようだが、今はオークではなくゴブリンイーターの縄張りだ。

オークを相手にしようとした冒険者なんかが行ったら、下手すれば丸呑みになってしまう。

この村を利用する冒険者は多くないらしいが、なんだかんだ言って山には豊富な資源がある。冒険者が全く来ない訳ではない。

森にいた他の魔物の情報や、ゴブリンの数なんかも伝えておく。

いい加減にどこからともなく湧いてくるゴブリンの集落を見つけてもらいたいものだ。

そこを潰さない限り、ゴブリンが増えるのを止めることができないのだから。

アリドニア領クルストの街とこの村の位置関係から、ゴブリンの活動範囲はかなり広範囲にわたっている。

集落だなんてレベルじゃない、ゴブリンの国家ができあがっているのではないか？　そう思えるほどのレベルだ。

閣下も同じ見解らしい。今はこのセインドル領の世話をせねばと言葉を濁していたが、領の問題よりもゴブリンの集団の問題の方が大きいと感じている様子。

セインドル領もかなりまずい状態のようだ。

騎士団は国王の命令で動く。王領でならばある程度自由に動けるだろうが、それ以外での活動となると閣下の権限でも難しいだろう。

王の騎士が勝手に他領で動けば、その土地を治める領主から反感を買うのが目に見えているからだ。

まああの王様なら多少無茶は許してくれそうだけど。

「何か力になれることがあれば言ってくれ！　グランベル＝モードがお前の後ろ盾になろうぞ！」

「そ、それはソフィア様を通していただきたく」

「それもそうだな！　だが王都に来ることがあれば顔を出してほしい！　騎士一同でお前さんを歓迎しよう！」

「機会があれば、是非に」

王都なんていかないけどね！

◇◇◇

閣下達騎士団や村の人々から離れ、慌ててセインドル領の領都に向かった。

途中の村や町で情報を収集しつつ、それらの場所は人の数が少ないためドッペルゲンガーは確認できなかった。

ジジイの耳に入っている可能性もあるので、急いでそちらに向かう。

ギルドを通して雇っているイドやケーシーには申し訳ないが、追加で報酬を支払うことを約束しついてきてもらうことにした。

「セインドル領、領都セインドル。雰囲気が暗いな」

「ああ、第三騎士団が既に入って治安維持活動を行っているみたいだな」

本来であればセインドルの騎士団が兵士を統括しているはずなのに、第三騎士団の旗が兵の詰め所などに掛けられている。

ドッペルゲンガーの情報を集めたい、それと護衛依頼をしてくれている二人の継続手続きをするため冒険者ギルドへ足を運ぶ。

人々に恐れられている自覚があるからか、イドは深くフードをかぶり顔を隠している。

先に宿を取り、リアナとセーナ、イドとケーシーを連れて冒険者ギルドに足を踏み入れた。

「ああ⁉　てめえ貴族かぁ⁉　今更ここで依頼を出せるとでも思ってんのかぁ！」

「おいおい、兄ちゃん！　この状況下でギルドに顔を出すとはいい度胸じゃねえか！」

「そっちのメイド二人！　そんな悪人なんかについてないでこっち来いよ！　オレ達と遊ぼうぜ！」

リアナとセーナを連れているせいで貴族と思われてしまった。

そういえば商人もメイドを連れていることはあるが、こんな小奇麗にしてメイド服なんか着せないよな。

「何とか言えよ！」

オレの胸倉を掴みかかってきた相手の手を、イドが捻りそのまま地面に叩きつける。

その行為に怒りを覚えた他の冒険者達が立ち上がるが、ケーシーが前に立ち手を広げた。

「店主殿は貴族ではないぞ。お前達の勘違いは血を見ることになるが構わないか？」

ケーシーがそう言いながら地面で男に関節技を決めているイドのフードを取る。

「え、えるふだとぉ」

「生まれながらのSランクかよ」

「待て待て！　やっぱ貴族なんじゃねえか！　Sランクを護衛に雇え……」

「黙んなっ！」

一際大きい声がギルド内を支配した。

ギルドの隅にいた冒険者の女が立ち上がり、ゆっくりと前に出て来る。

黄色いキツネ耳とふさふさの尻尾を持った女性の獣人が登場。

「なあ坊ちゃん、この街の現状を知ってるかい？」

「ドッペルゲンガーが出る程度には悪い状況なんだろ？」

「どっぺる……？」

「襲い掛かってくる自分の影のことだ」

「っ！　そうだっ！　こいつが出て来る原因が貴族達の圧政だ！　お前達のせいなんだっつってるんだよ！」

「や、すまんが。オレは貴族じゃないぞ？」

爵位はもらう前に逃げた。

「こんなかわいいおべべを着させた娘を連れる道楽が貴族以外の誰がやるっていうんだい！」

「や、こいつらの服装は昔の仲間の趣味なんだが……」

「マスターが喜ぶと聞きまして」

「ご主人様は素直じゃないから、中々褒めてくれません。でもそれが喜んでいる証拠だと聞きました」

「って話だが？」

あれ？　敵が増えたぞぅ？

「あー、待て待て。これを見ろ」

オレは錬金術師の身分証明書を出す。

「Aランクかよ……じゃあああの」

「そっちじゃねえよ。名前だ名前」

貴族はすべて家名を持っている。国に認められて、家名を与えられる平民もいるが貴族で家名を持っていないのはありえないのだ。

「ライトロード、大層な名前じゃないか」

「それは別にいいだろ。オレは素材回収の旅に来た、ただの凄腕錬金術師だ」

スーパー凄腕だ。

「自分で言うかね」

「Aランクだからな。護衛の二人は冒険者なんだが、旅の道順が変わってな。内容変更と護衛延長の手続きを取りに来たんだよ」

あと情報収集だ。

「どっからきた？」

「アリドニア領」

「あの錬金オタクの街か。じゃあAランクも不思議じゃねえな」

や、領都にはAランク何人かまだいるみたいだけど、それ以外の街は減ってるみたいよ？

「分かったらどいてくれるか？　ついでに謝罪をしてくれてもいいが」

「女に可愛い格好させて連れまわす悪趣味な貴族と間違えて悪かったな」

「おおーいっ」

「ふん」

キツネ耳さんが道を譲ってくれる。イドもそれに合わせて男を開放した。

「オレの趣味じゃないんだよ……や、好きだけど」

オレの呟きを聞いたイドとケーシーにも冷たい目で見られましたとさ。

◇◇◇

「ってな訳で依頼変更お願いします」

カウンターにいた受付のおばちゃんに二人の依頼表を渡した。

「どんな感じだい。ああ、あんたあの村に行ってきたのかい。王都の騎士団の人が行ってたけど大丈夫なのかい？」

おばちゃんに依頼票を渡したら、目的地を見て目を見開いていた。

「ええ、騎士団の皆様の奮闘でなんとか。薬や包帯なんかも置いてきましたし、騎士団の人間が村を完全に守っているので心配はありませんよ」

おばちゃんが新しい書類に依頼内容の変更と新しい依頼内容の作成の書類を取り出した。

「素材の採取ねぇ。そんなもの冒険者に任せればいいのに」

「今回の素材は回収するタイミングで質も量も変化する素材ですから、戦闘という面で信頼できる冒険者でも完全にお任せはできませんよ」

「錬金術師は変わってるねぇ。そんで？　新しい依頼内容は？」

「ドッペルゲンガーの拘束とクレストの街までの護衛依頼」

「「「　はぁ？　」」」

オレが依頼を口にすると、おばちゃんの話が聞こえていたのか、他の冒険者達も驚きの声を上げた。

「待て待て、討伐じゃないのかい？　討伐なら依頼書は既に出てるよ？」

「ああ、じゃあそれは別で受けようかなぁ。でもドッペルゲンガーって討伐の証が普通は取れないでしょ」

あれは人間の負の感情の集合体だ。核となる部分はあるからそこを壊せば倒せるが、倒した後は綺麗に消滅してしまう。

「そりゃ、町中にギルド職員を散らすからね。ギルド職員が目で見て確認するんだよ」

「でもまた復活するでしょ？」

「そうなんだけどねぇ、一応一度倒せば二、三日は形を潜めるから。ここんところはその繰り返しだよ」

「まあそうでしょうね。核を壊さずに拘束すればいいのに」

もしそれで拘束されていてくれれば、買い取ったのに。

「そんなのができる冒険者はAランクパーティかSランクだろうね。Bランクも数がいればいけるかもだけど、ギルドとしては余計な危険を冒険者達に負わせる訳にはいかんもの」

「確かにそうかも知れないですね」

ドッペルゲンガーは相手に襲い掛かる時だけ実体化する魔物だ。本当は魔物かどうかも分かっていないが、魔物という扱いだ。

拘束するには実体化している状態で痛めつけて、魔法や魔道具で拘束するしかない。

一般的な魔法使いが覚える魔法ではないが、覚えるのが難しい魔法というものでもなかったはず。

魔道具はぶっちゃけドッペルゲンガーの有用性を知っている錬金術師しか持っていないだろう。

少なくともオレはジジイ以外で持っている人間を見たことがない。

「ちょっと待て、拘束してどうするんだ！」

「素材にする」

「素材っ⁉」

「拘束して素材にすれば、ドッペルゲンガーを象っている思念も拘束できる。倒して二、三日時間を稼ぐよりももっと時間を稼ぐことができるし、運がよければ再発生しない」

第三騎士団が何を目標に活動しているか知らないが、人々から不満が取り退くことができればドッペルゲンガーは発生しなくなる。

「そういえば」

「なんだい？」

「ゲオルグ＝アリドニア様はこの街にいらっしゃっているかい？」

「第一錬金術師様かい？　そんな話はトンと聞かないねぇ。なんでだい？」

「いないならいいんだ。あの方がドッペルゲンガーの素材を欲しがっているって話を昔きいたのでね、採集に来られるかもと思ったんだ。高名な錬金術師様だから一度お会いしたいと思っているのだが、彼は王城に常にいるからね」

「ほっほっほっほっ、嘘を言うもんではないのぅ」

げ、この声はっ！

「……既にいらっしゃいましたか」

「今着いたところよ、久しいのぅ道……我が弟子、ライトロードよ」

ギルドの扉を開けて入ってきたのは、背の低い妖怪ジジイ。

王城専属第一錬金術師にして国王のご意見番。

この自他共にオレ以外が国一番の錬金術師と認める老人がこの場に現れたのであった。

◇◇◇

「おい、あいつ貴族だぞ。お前ら絡めよ」

「馬鹿かっ！　なあ馬鹿なのかっ⁉　あの方はこの国の冒険者ギルドと錬金術師ギルドを繋げた偉大なお方だぞ⁉」

「相手見て喧嘩売んなよ、格好悪いぞ冒険者」

「やめてくれ兄ちゃん！　頼むから！　悪かったから！　謝るから！」

「あいつも綺麗なメイドに綺麗なオベべきせて悦に至ってる変態貴族だぞ、さっきの気迫はどうしたお前ら」

「そこまで言ってないだろ！　なあ！　もうしゃべるな！　なあなあ！」

「ほっほっほっほっ、この領の状況は分かっておる。その上でドッペルゲンガーを対処しに足を運んだのじゃ。皆の者、馬鹿な領主が迷惑をかけてすまないのぅ」

「そんな！　ゲオルグ様にそのような言葉をいただく必要は」

なんだろうこの茶番は。

とにかく厄介な人が来てしまったとしか思えない。

「道……ライトロード様。ゲオルグ様を貶めるような発言はおやめください」

「ああ、悪かったよフィーナ」

だからその短剣を仕舞ってください。

「お久しぶりでございます。お師匠様、ドッペルゲンガーは不肖の弟子たる私が対処致しますので、有事に備えて王城でお待ちください」

「のうライトロードや、ワシお主にそんな嫌われることしたかのう？」

「分かりやすく言うと、ドッペルゲンガーは渡さねぇ」

「ほざくな小童が！　既に二人も持っとるじゃろう！　ワシも欲しいのじゃ！　ワシならもっとボンキュッボンで可愛らしい性格で尽くしてくれるグラマラスなれでぃーを作れるのじゃ！」

「そもそも知恵の実持ってないだろ」

「そんなもんの代用品なぞ既に制作済じゃ！」

く、このジジイ優秀なだけに質が悪い。

「ゲオルグ様、ご自身の品位を落とすような発言はおやめください」

「わ、わかったのじゃフィーナ。わかったから短剣をワシに向けるでない」

「そのまま刺されてしまえ」

「ライトロード様？」

「はい、すいません。ごめんなさい」

フィーナはジジイの専属メイドだ。ホムンクルスではなく人間である。この人とても優秀なのだが冗談が通じない。

「まあいいや、情報交換といこうか」

「お主がワシに教えれることなどあるかのぅ？」

「ドッペルゲンガーを捕獲したことがあるのはオレだけじゃないか？」

以前捕まえた時の手法は教えていなかったはずだ。

「ぐぬぬぬぬ」

「おばちゃん！　部屋借りるよ、依頼書作っておいて」

「あ、ああ。あんたゲオルグ様のお弟子さんだったんだね……」

「残念なことにね」

「一番可愛くない、違うな。一番教えがいのない弟子じゃ」

「そりゃどうも」

ギルド内にある面談室の一室を借り、ジジイと話をすることにした。

リアナとセーナも一緒だ。イドとケーシーは同席させず、ギルドに残ってくれと伝えておいた。

◇◇◇

「さて道長よ、アリドニアでは頑張っておるかの」

「ああ、いい環境だ。もう少し錬金術に集中したいところだけどな」

素材の集まりもいいし、ジジイの言った通り蘇生薬の材料となる素材も既に二つ手に入れることができた。

「ほっほっほっほっ、すまんの。じゃが可愛い孫の頼じゃ、力になってやれ」

「ソフィア様は本当に血がつながってるのか疑いたくなるぐらい優秀な方だな。ギルフォード様は……まあ変態という共通点は感じた」

「ワシャ生粋の女好きじゃわい」

「知ってる」

たまにフィーナの尻を撫でて殴られているのを何度も見ているからね。

でも王族の姫君の湯あみを覗きに行こうとするのは命知らずにもほどがあると思うよ。

そんなフィーナも椅子に座り、セーナの給仕を受けている。

フィーナはメイドであるが、男爵令嬢だ。貴族に名を連ねている人間である。

「相変わらず美味しいわ」

「恐れ入ります」

「ふむ、セーナは大人しくなったのう」

「猫かぶってるだけだよ。最近はオレ以外の人間とも接しているから」

「そうなのじゃなぁ」

そんな呟きにセーナは軽く会釈して答えた。

セーナは他人が見ている場所では、オレの従者らしさを忘れないように大人しく接してくれている。助かるが、少し寂しい。

「それより、情報交換じゃな」

「っつってもなぁ。ドッペルゲンガーがいるって話だもんな」

「だの。人々の不平不満が集中せんと出て来ん魔物じゃな」

「別に貴族を嫌う人間は元々少なくないだろ」

「うむ、その程度で発生する魔物ではもちろんないぞい。今回は主に領主がやらかしておる」

「マジか、何したんだ？」

ジジイの孫の二人が良い例だが、たとえ長男でも適正が認められなければ領主にはなれない。

規模にもよるが、領という一つのエリアの長になるには相応の実力が必要なのである。

「分かりやすく言うと、国家反逆罪じゃな」

「大事だなぁ」

「そうじゃ、大事じゃ。街を出入りする商人や冒険者、それに自分よりも格の低い他所の派閥の貴族達への通行税から始まって、次第に街の人間や村々の人間でも作物を育てぬ、いわゆる農民以外の人間すべての税率を上げおった」

「そりゃあ……」

そんなことをすれば商人達の一部が離れてしまう。

もちろん、この街や領を取引の主体としている商人は逃げ出せないがそれ以外の商人はめっきり来なくなる。

「そうなると、次はどうなるかわかるかの？」

「物価の上昇だろ。商人達が物をもってこなければ物が手に入りにくくなる。そうなると値段もあがるし、コネがないと物を手に入れられなくなる」

「その通りじゃ、そしてこの街の人間に不満が増えておるが……そこで更に悪いことが起きた」

悪いこと？

「麻薬が蔓延しておったのじゃ」

「麻薬か」

「そうじゃ。農民達には通常の作物に平行させ麻薬を栽培させておった。そして税をその麻薬で納めさせておったのじゃ。農民達には食料にならぬが化粧品になる作物として高く売れると伝えて作らせておった。そして、領主は自分の領に麻薬を蔓延させて人々から金をむしり取っておった。領内の馬鹿な貴族には麻薬で作れる金を見せ、反抗する貴族には麻薬を強制的に摂取させておった」

「なんつう無茶なことを」

「まともな貴族が機能しなくなり、無能な貴族がのさばれば領は腐る。当然じゃの」

「こういうのは外の領に売りに出す物じゃないのか？」

「今代のセインドロ領主がの、この街を滅ぼそうとしておったのじゃ」

「はぁ？」

領主が自分の街を滅ぼそうと？　どういうこと？

「簡単な話じゃ、領主は自分の父親を恨んでおった。自分の母と育ての父を殺されたのじゃよ、父親にな」

「なんでそんな……」

「よくある後継者問題じゃ。領主の本当の子が戦で死に、代わりに外で孕ませておった息子を引き取ったのじゃ。そして、領主は昔気質の貴族じゃった。領主一族の秘密を知り、かつ自分の手元に置いておけぬ相手じゃ。おのずと手段は限られてこよう」

「死人に口なし、か」

口封じに殺されたのだろう。

「そういう事じゃな。その領主もほぼ大人と言ってもいい歳じゃったし、他所の領で裏の人間として活動しておった。まあこれはその後の調査で分かったことじゃがの。そやつは、自分の両親を養うために裏社会の人間になっておった。そこまでして守っておった両親を手にかけた前領主を許すことはできなかったのじゃろう。前領主は薬漬けにされて骨と皮だけの息をする……生きた屍となっておったわい」

普段は表情を変えないフィーナの眉が中央に上がる。

それほど壮絶な状態だったのだろう。

「そして領主は姿を消した。前領主と前領主が守ろうとした領民を苦しめるだけ苦しめてな」

「そうか」

「まあ流石にすぐに捕まえたがの」

「展開が早いなオイ」

驚きの速さだ。

「当然じゃ。領民というが彼らは陛下の民じゃ。領主はあくまでも陛下から土地と土地に住む民を借りて領を陛下に代わり経営しておるにすぎぬ。その民を苦しめる行為など、陛下に牙を剥くのと同じ行為じゃ。野放しにはできん。まあ過去の経歴を領主になるまで隠し通しておったり、事が発覚するやすぐに姿をくらましたりと中々に優秀な男じゃったがの」

「その辺は流石だな」

恐らく後を追い、捕まえたのはフィーナだろう。彼女は優秀で、特に人の追跡は得意だ。

ジジイと城を何度抜け出しても、最終的に捕まえに来たのはいつもこの人である。

「領都を含めた通常の街には第三騎士団に警備に入らせ、ここの領都に務めておった騎士団には各農村を回って麻薬畑を燃やして回らせておる。既に新しい領主の選出も終わっておる。半年もすれば元通りじゃわい」

「そりゃ良かった」

経過はどうあれ、無関係の人間が巻き添えを食うのはなんとも悲しいことだ。

「のう道長、麻薬の後遺症を抜く薬に心当たりはないか？」

「難しいな。オレのいた世界では麻薬自体は違法薬物で一般人は入手できなかったし。麻薬に患った人間は病院……専門医の指導の元、何年も治療に専念しないといけなかった」

「厳しいのぅ。お前さんのところでも無理か」

「中毒が起きるものは治療に長期間かかる。これはしょうがないと思う」

薬物によって得られる全能感と快楽は、薬の影響が抜けても感覚として人間は覚えてしまう。

これを忘れることは容易ではなく、金さえあれば味わえるのであれば、その金を支払ってしまうのが人間というものだ。

「薬で全快という訳にはいかぬかのぅ」

「知ってれば教えるけど、知らないものはどうしようもないよ。悪いな、師匠」

「で、あるかぁ」

残念そうな声を出すジジイ。こちらとしても力になれるものではないから勘弁してほしい。

◇◇◇

「まあそちらは後任に任せるしかないの。そもそも麻薬が手に入らない環境にすれば自然と収まるじゃろうし」

「その方がいいだろうな。手に入らなければ、中毒者も諦めるだろ」

騎士団が完全に根絶してくれることを願うしかない。

「それよりも、ドッペルゲンガーのことじゃ。お主どう倒したのじゃ？」

「え？　教えないけど？」

「色々教えてやったじゃろう！」

「やー、それってドッペルゲンガーが生まれた経由じゃない。ドッペルゲンガーがいればいいオレから見るとどうでもいい情報だし。あ、ソフィア様には報告した方がいいかな？」

「それはこっちで手紙を書いてあるから良い。届けてくれ」

「あいあい」

元々用意していたのであろう。それを取り出してオレに渡した。

「まあ待て、お主にもメリットのある話がまだあるのじゃ」

「本当かなぁ」

「ドッペルゲンガーは三体おる」

「え？　マジで？」

「マジじゃ。何度か討伐されておるが、復活の速度が不自然じゃし目撃証言もまちまちじゃ。ワシが測定器で調べた結果、ほれこの通り」

ジジイの取り出したコンパスの針がクルクルと安定せずに回っている。

「三体かぁ、てかこんな測定器よく作ったな」

「以前にドッペルゲンガーが発生した地で依頼された物じゃ。元々昼間は針が安定せんが、それでもある程度方向を合わせてくれるのじゃが、今回はこの通り」

「なるほどね」

ジジイ本人は無茶苦茶だが、こういう能力の方向性がしっかりしている魔道具であれば信頼できる。

「して、ドッペルゲンガーの捕獲方法。というかドッペルゲンガーの素材化はどうやるのじゃ？　教えてくれるのであれば三体のうち一体をお主に譲ろう」

「ジジイが三体捕まえてきて、そのうち一体をオレにくれるってことか？」

「んな訳あるかいっ！　ワシが見つけ、お主と共同で確保するのじゃ！」

「えー、それだとオレ二体、ジジイ一体じゃね？」

「お主既に二体持っとるじゃろ！　わしゃ一体もないんじゃぞ！　老人を敬わらんか！」

「はいはい、じゃあオレ一体でいいよ。でもその代わり、その一体はオレが選ぶね。優先権はオレで」

「ぐぬぬぬぬ、素材として良い物を取る気じゃな？」

「そゆこと」

　本当はもう一つ意味があるけどね。

「おし、分かった、約束しよう」

「分かった。フィーナも覚えておいてくれ。土壇場でゴネられたら味方をしてくれよな」

「別に構いませんけど」

　フィーナは貴族として、約束や契約に非常にうるさい娘だ。こういう時に味方にしておくと強い。

　オレは手提げからいそいそと、以前ケーシーに使った手袋、魔力を逃がす魔道具を取り出した。

　それとドッペルゲンガーを強制的に実体化させるロープだ。

「このロープは霞竜と呼ばれる体を霧にして移動する竜の髭を伸ばして編み込んだものだ。こいつに魔力を通して相手を拘束すると、実体化していない魔物でも実体化させることができる」

「お前はポンととんでもない物を取り出すのぅ」

「霞竜、この国では過去に一度しか存在が確認されていなかった魔物ですね。その時には一つの領地が滅んだという」

　それは霞竜を誰かが怒らせたせいだろう。

　怒らせなければ大人しい性質の竜だ。

　オレが戦った時は、海東が馬鹿みたいに攻撃魔法の試し撃ちをした時にうっかり巻き込んでしまってかなり怒っていた。

何とか撃退したが、女性陣にかなり海東が怒られてたなぁ。

「そんで、この魔力を放出する魔道具で核の近くに触れる。ドッペルゲンガーは人間の思念と魔力の集合体だ。思念だけ残して魔力だけ抜き取る。そうすると動けなくなる」

「ほうほう」

「核は破壊せず、魔力だけ抜き取ったドッペルゲンガーは死んだように動かなくなる。素手で触れるようになるし素材にすることも可能だ」

「ふむ。その手袋は？」

「んー、こいつは結構危険な道具だから流石に作り方は教えられないな」

「け、霞竜なんぞ手に入らない時点でそっちのロープも製造不可能じゃろうに」

「こっちは治療にも使えるけど、本当に危ない魔道具なんだよ」

人間にも使えるから、相手の魔力をすべて抜き取った上で拘束するといった手が使える。

魔物もそうだが、魔力は使わないと消費されないし、消費していても自然と回復するのだ。それを封じることのできるアイテムの価値は計り知れない。

「似たような魔道具を牢屋につけておるから、なんとなく素材の想像はつくが……そこまで小型に作り変えるか」

そこまで知っているなら見せてみようか。オレは手袋をジジイに渡した。

ジジイは興味深そうに手袋を眺めている。

「ふむ、この手のひらについている丸い球で相手から魔力を吸い上げるのじゃな？　そして手の甲についている魔法陣にその魔力を走らせて外に放出する仕組みか」

「そゆこと」

「なるほどのう、これはドレインスライムの核じゃな。手の甲の部分は随分細かい魔法陣を組んだのぅ」

「老眼で見えないだろ」

そもそも魔法陣には日本語も組み込まれている。いくらジジイでも知らない言葉は理解できないだろう。

「ならば任せるかの」

「ああ」

ジジイ達とはその場で別れ、ギルドのおばちゃんに作ってもらった新しい依頼書の手続きを片付けた。

ケーシーのこちらを見る眼がなんか輝いていた。意味分かんなくてなんか怖い。

◇◇◇

そして夜になる。ジジイと合流。

ジジイがコンパスを持ってにこやかに待っていた。

「気持ち悪いな」

「ゲオルグ様、ホムンクルスが手に入ると喜んでおいでなのです……不埒なことしか考えてないと思われます」

「錬金術の発展のためじゃ！」

「――うそくさい――」

フィーナと声が揃ってしまった。

いかんともしがたい表情でこっちを見ないでほしい。

「どれ、さっさと行くかの。最初はほれ、そこの酒場じゃ」

ガシャン！　と大きな音がその酒場から聞こえて来た。

「間違いなさそうだな」

オレの言葉にイドとケーシーも頷く。

ちなみにドッペルゲンガーを捕獲できるロープはセーナとイドが持っている。

この二人は武器を操る才能がすごいのだ。

「で、出たぁぁ！　影だぁぁぁ！」

「勝てっこねえ！　逃げろ！」

「俺の店があああ‼」

叫び声がバンバン聞こえてくる。

そして早々に体格のいい男の姿を模した黒い人間サイズの何かが店から飛び出してきた。

「おお、あれがドッペルゲンガーか！」

「美味しい？」

「食べれんよ」

口の中で消えるから。

「じゃあいらない」

ロープの先に輪を作ったイドが頭の上でクルクルロープを回してそれを投げる。

勢いよく投げ込んだロープの輪がドッペルゲンガーの首を絞める。

「こわっ⁉」

「これなら逃げられない」

イドはそういうと、ロープを引っ張りこんだ。

ドッペルゲンガーは魔物だ、だがその形は二足歩行の人間と同じ。

首を引かれたドッペルゲンガーは体勢を崩して地面に倒れてしまう。

そしてそのままイドが引っ張ることにより、こちらに引きずられていく。

「あんまり触りたくない感じの色ね」

その状態のドッペルゲンガーを素早く簀巻きにするセーナ。

更に身動きができない様にケーシーがのしかかって足を押さえ込んだ。

「のう、お主の仲間、せっかくのビキニアーマーなのにズボンなんじゃが」

「森歩きしてたからな」

「世界の損失じゃな。今度スーパーせくしぃビキニアーマーを進呈しよう。肌面積が減ると防御力の下がるすぺしゃるなやつじゃ」

「阿呆だな、呪いの防具かよ」

危なそうな水着みたいだ。

「とりあえず、こいつを処置するか」

オレは手袋をはめて仰向けになったドッペルゲンガーの心臓部分に手のひらを当てる。

手のひらを介してドッペルゲンガーの魔力がどんどん抜けていく。

「これこれ、こんな魔力を空中に散布するもんじゃあないぞい」

そんなことを言いながらジジイが何か魔石のようなものを懐から取り出して、その魔力を回収する。

「あ、確かに勿体ないし魔素溜まりができたらまずいな」

オレの言葉にジジイが頷く。

「こう見えて国を守る貴族の一人じゃ。この街に危害を加えるようなモノは消えるべきじゃろ」

ケーシーが抑えていないと、ずりずりと動こうとしていたドッペルゲンガーの動きがどんどん鈍くなっていく。

オレの手の甲から放出される赤い魔力も勢いが落ちていった。

黒の墨汁の中に影が蠢《うごめ》いているような色彩だったドッペルゲンガーの色の動きも消え真っ黒になってただの躯になる。

「処置完了だな」

「ほほう！　これがか！」

オレは手提げから、時間停止の魔法陣が施された棺桶を取り出す。

「思念だけ残してあるが、外部から魔力を吸収するかもしれない。これに保管しておけば、外部からの影響を完全にカットできる」

何度か動かないかつついたりして確認した後、セーナとケーシーはドッペルゲンガーの躯を持ち上げて棺桶に保管。

その棺桶を再び手提げに仕舞った。

「さて、あと二体だな」

◇◇◇

街の中央広場で暴れていたドッペルゲンガーも同様に処理を施し、残り一体。

ジジイのコンパスを頼りに最後の一体の所に向かうと、剣と剣がぶつかり合う音が聞こえてきた。

「誰か戦っているな」

「倒されちゃかなわん！　急ぐぞい」

オレ達が走りこんで路地に顔を出す。

そこには昼間見たキツネ耳の女性が、自身の影と戦っていた。

「くそ、戦い方は同じなのに！　あたいが使えない魔法を使いやがるっ」

キツネ耳の彼女はギルド内でそれなりの発言力を持っていた。力のある冒険者なのだろう。

ケーシーが剣を構えて、二人が離れた瞬間にキツネ耳の女性に並んだ。

「援護しよう」

「助かる、昼間のあんたらか。そういえばこいつを確保するとか言ってたな」

「ああ、店主殿の依頼だからなっ！」

ケーシーが剣を横薙ぎに武器を振るい、影でできた剣を叩き切った！

地面に落ちた剣は、ドッペルゲンガーの足に吸い込まれると再び影の剣の形が元に戻った。

「あの剣、お主の作じゃな。それにしては……」

「あれは彼女の元々持っていた剣を改良しただけ」

「なるほどのぅ。どうせなら完全に打ち直してやれば良かったのではないか？」

「剣だけ良くなっても彼女が強くなる訳じゃないからな」

「はん、強い武器を手に入れるのもその人間の力じゃろ」

「身の丈に合わない力は本人のためにならない、いずれは自身や身近な人を滅ぼす羽目になる」

オレのクラスメートがそうだったのだから。

「勇者殿は持ち直したじゃろ」

「……いきなり聖剣なんかに頼ったのが間違いだったんだよ」

聖剣という強力な武器を【勇者】だったクラスメートの稲荷火は暴走させたことが何度かある。それにより被害を受けた人もいた。

「過保護じゃの。まあ今回はあの剣で十分のようじゃ」

何度か攻撃しても体を素通りしてしまっていた二人の剣が、的確に相手を捕らえられるようになってきていた。

目まぐるしく攻防が変わる上に、周りを警戒しているドッペルゲンガーが相手だ。セーナとイドもロープを仕掛けられずにいた。

「あたしゃあそこまで視野は広くないんだがねっ！」

「影の魔物ってのは、はあっ！　本人をトレースするんだろ？　つまりあんたにはそれだけの能力が、ふっ！　備わっているってことだろっ！」

先ほどまでは低位の冒険者や、街の人間のドッペルゲンガーだった。大した問題ではなかった。しかし今回は能力の高い冒険者をコピーしたドッペルゲンガーだ。二人掛かりでも動きを止められずにいる。

「なあ店主殿っ！　倒しちゃだめなのかっ⁉」

「ダメ」

「ダメじゃ」

「あたいには関係ない話だねっ！　きゃうっ！」

キツネ耳さんが頑張って攻撃をかけようとしたが、逆に吹き飛ばされてしまった。

「くそっ！　あたいはあんな馬鹿力じゃないぞ！」

「イド、ロープ貸して」

「どうするの？」

「イドが攻撃して動きを止めてくれれば、捕まえられるでしょ」

ロープを投げる技術があるからイドに渡しておいただけなのだ。

実はもう一人適役の人がいる。

「よろしくフィーナ」

「やっぱりこうなるのね」

イドは腰から剣を抜くと、無造作に歩いて近づく。

ドッペルゲンガーは無言のまま、イドにその黒い影の剣を振るう。

「カウンターのタイミングが二人とも甘い」

近距離で剣を回避しながら、攻撃してきた瞬間に手のひらを切りつけた。

「それと動きを止めるなら体ではなく四肢を狙うべき」

言いながら今度は右足の太ももを切りつける。

ドッペルゲンガーの体のバランスが崩れ、一瞬だけ姿勢が悪くなる。

その瞬間を狙っていたのはフィーナだ。

剣を持っていない方の手にロープをうまくかけて引っ張りあげる。

「！」

それをほどこうと手に持つ剣を振るおうとした瞬間、その剣をイドの剣が迎撃する。

ロープで覆われた手が掴めるようになったので、イドはその手を捻って地面にドッペルゲンガーを叩きつける。

スーパー馬鹿力だ。

倒されつつも、顔をあげたドッペルゲンガーの体の周りに黒い影の玉が浮かび上がった。

ドッペルゲンガーの魔法だ。

イドとケーシー、それとキツネ耳冒険者がその宙に浮かび上がった玉を剣で切り捨てる。

そのままイドはロープで固定されていない、剣を持った左腕を剣で貫いた。

「よくよく考えれば、わたしも魔法を使えば良かった」

「今更だなぁ」

肩を固定されて、剣が振るえなくなったドッペルゲンガーの足をセーナがロープで縛り上げた。

イドがこちらに顔を向ける。

このまま魔力を吸えってことだろう。

オレは頷くと、ドッペルゲンガーの胸を手袋を嵌めた手でわしづかみにした。

「むひょっ！」

「ちょっと⁉　どこ触ってるさ！」

ジジイの興奮する声とキツネ耳さんの不満の声が出る。

「核から魔力を吸わないといけないんだ。我慢してくれ」

うつぶせだったら背中から吸えたんだが、言わない。

「なんか複雑な気分なんですけど！」

自分の胸を両手で隠しながら文句を言って来る人はとりあえず無視である。

◇◇◇

最後のドッペルゲンガーの躯も回収したが、念のためジジイのコンパスを確認。

コンパスの針は反応がなく、もう存在しないことを示していた。

「うむ。良い戦果じゃ」

「だな。じゃあオレはこれをもらうな」

キツネ耳冒険者のドッペルゲンガーを選択して残りの二つをジジイに渡した。

「棺桶はサービスしとくよ」

「はん。魔法式が特別なだけで木材はただのトレントじゃろこれ」

「そうだよ」

魔法の袋が作れるジジイなら同じものが作れるだろう。

「ふひひひひ、これでホムンクルスが作れるのう！　たまらん！　どんな娘にしてやろうか……」

「ああ、ジジイ。ドッペルゲンガーを素体に使うから、元となったドッペルゲンガーの性別になるから注意しろよ」

「は？」

ジジイに渡したドッペルゲンガーの躯はどちらも男性だ。

「な、なぬううう⁉」

「まあドッペルゲンガーの躯の性転換手術でもしてみて、成功したら教えてくれ。はっはっはっはっ」

「貴様ぁ！　謀りおったなぁ！　そいつをよこせぇ！」

「やーだよー」

「むきいいいいいい！」

オレとしては男性のドッペルゲンガーでも良かったのだが、女性型のドッペルゲンガーの方がリアナとセーナの不足している分をカバーできるホムンクルスが作れる。

それにエロジジイの悔しがる姿を見れるのはなんとも嬉しいことだ。

「ズルい！　ズルいぞう！」

「約束通りだろ？　なあフィーナ」

「その通りです。ライトロード様に一本取られましたね、ゲオルグ様」

「くぬふうううううう」

心なしかフィーナも嬉しそうだ。

普段からジジイの我が儘に振り回されているフィーナからすれば、こういう機会に会うことは滅多にない。

「さて、と。今日は宿で休んで、明日には帰るか」

「了解。今日はセーナのご飯が食べたい」

「あら、私はライトロード様の手料理がいただきたいわ。領主館で厨房をお貸ししましょう」

「ライトのご飯？」

フィーナが余計なことを！　そして反応しないでくれイド。腕を掴むな！　顔近づけるな！

「ご主人様はセーナに作り方を教えてくれた師匠です。セーナより美味しいです」

「セーナより、だと？」

マスタービルダーの物を作る際の補正は当然食事にも適用される。

ついでにオレがご飯を作る時は、セーナが遠慮して使いたがらない高級魔物食材も使うのだ。

毎日作るのは面倒なので嫌だが、たまに……本当にたまに料理はする。

まあ今日は頑張ってくれたみんなにサービスしときますかね。

書き下ろし番外編　おいてかれる前の錬金術師①

「とうとうここまで追い詰めた、と言いたいところでしたが……厳しい状況ですわね」

ミリア姫の重苦しい言葉にオレ達は全員頷いた。

「魔王城は目の前なんだ！　今度こそ俺がぶった切ってやる！」

「そうは言うが、何度も失敗しているだろう？　コウイチ、威勢だけでは戦は勝てぬ」

「むぐっ」

「もう聖剣の暴発に巻き込まれるのはごめんだしな」

セリアーネさんの言葉に【勇者】の稲荷火《いなりび》幸一《こういち》が口を塞ぐと共に、軽口を叩くのは【大魔導士】の海東《かいとう》進《すすむ》の師である宮廷魔導師のダイラムさんだ。

『しかも相手の監視能力は相当だ。聖剣を持ったお前が顔を出すだけで実力のある悪魔が顔を出して妨害。お前が下がれば向こうも下がる、堂々巡りになっているな』

遠距離からの通信を可能にする魔道具【遠目の水晶球】から映されるのは、ダランベールの屋敷で王国の守りをしている【大神官】の時巻《ときまき》小太郎《こたろう》だ。

「でも、こちらは損害なしで向こうの悪魔は確実に削れてるじゃない」

『うちのメンバーに損害は確かにないが、別の戦場では騎士団やエルフの犠牲は出ている。これが続くのは容認できるものではないよ』

「小太郎の言う通りだな。白部とリアナの負担も増えているし、ポーションのストックも無限にある訳ではない」

今もこの場にいない【聖女】の白部奏《しらべかなで》とホムンクルスのリアナ。外で治療を求めてきている戦士達を癒しているのだ。

オーガの里でせっせとポーションの材料であるホジュル草を育ててもらっているが、限界はいずれくる。

既に成長促進剤で無理矢理育てている状態だ。質も下がっている。

「みっちー?」

「なに? 明穂」

「や、なんでもない」

【バトルマスター】の南明穂《みなみあきほ》が覗き込んできたが、どうした?

『道長の言う通りだ。これ以上戦争を続けると、バックアップも難しくなってくる』

「そちらの状況は?」

『なんとかなっている』

小太郎の昨日の話では未だに悪魔によって制圧されたままのダンジョンが氾濫を起こしていると聞いたが?

『こちらのことよりそちらの問題だ。悪魔達の相手もお前達や上級騎士、それとエルフ達で押さえるにしても限界がある。そろそろケリを付けたいと思っている』

「何か策がおありですの?」

『あまり私としては賛成しかねる作戦だが、効果は絶大だと思っている』

「コタ？」

『道長』

「ああ」

小太郎の指示に従い、前もって作成しておいた魔王城とその近辺の地図を広げる。

これらは戦いの中で生き残った騎士達やエルフ達の証言を元に作られた貴重な品だ。

『連中の大部分はこちら側にいて、何らかの方法で我々の監視を行っている。そしてそれをしているのは【瞳の悪魔】だ』

瞳の悪魔、勝手に呼称しているこいつが多くの悪魔達の中心にいるのは確認できている。

三つ目の、人間のような容姿の悪魔だ。肌は青白く、とても普通の人間には見えないが。

『最低でもこいつは叩かなければならない。そのために部隊を分けるんだ』

「部隊を？　あたし達だけで魔王城を攻略するってこと？」

『正確には、道長を除くメンバーだな。姫様を中心とした部隊に道長を組み込む』

「は？　光のアイテムなしで突破しろってことか？」

『陽動を仕掛ける。道長、例の物は？』

「昨日完成したよ」

取り出したのは聖剣。

「は？　え⁉」

稲荷火が自分の腰に下げている聖剣とオレの作った偽物を見比べる。

これは聖剣のレプリカ。偽物だ。

「オリハルコンとミスリル。それと魔物の素材で作った特製品だ。込められた力は本物よりも少ないが、オレが現状作れる最高傑作だな」

その剣を姫様に渡す。

「わたくしが使うのですか？」

『ええ、そうです。連中は聖剣を警戒している。姫様にはそれを使って戦ってもらいます。扱えますよね？』

「勿論、わたくしは【剣聖】ですから」

『幸一には道長の作った魔導剣で戦ってもらいます。幸一が持っていると分からないように厳重に封印して、城の東側から』

小太郎の言葉に合わせて、地図にポインターとなる駒を置く。

『そして姫様は親衛隊の面々と一緒に道長と正面から行ってもらう。その上で敵をおびき寄せて決定打を与える』

「僕の出番だね。でも大規模魔法は準備に時間がかかるし、一部の悪魔には致命傷にはならないよ。あのレベルの相手ならば範囲にではなく単一に威力を絞った攻撃魔法じゃないと」

『範囲攻撃は道長が行うそうだ』

「ああ」

オレが返事をすると、全員の視線が集まる。

「僕の魔法よりも強力な範囲攻撃？　光君には悪いけど……」

「分かってる。オレにはそんな強力な魔法は撃てない。だから、爆弾のようなものを使う」

「爆弾って……鉄翼や礫の悪魔にも効かなかったじゃないか」

「だな。恐らくオレが手持ちで持っている攻撃方法で魔王にダメージを与えられる方法はないだろうな」

それはここのところの戦いで重々承知している。

悪魔に爆弾を当てるには相当危険な目に合う覚悟がいる。その上で与えられるダメージは微々たるものだ。単純な火力では連中の防御を突破できない。

「魔王どころか魔王の取り巻きの悪魔にも決定打にはならないだろう。【大盗賊】の川北が死んで、前衛二人の後衛三人になってしまった。今のままオレがついて行っても稲荷火や明穂の負担が増えるだけだ」

「負担だなんて」

「光が後ろにいないと戦いにくいぞ」

「お前はもっと自分の頭で考えてくれ、頼むから」

稲荷火は普段オレが作った魔導剣を使っている。その性能をフルに活用させられるのは稲荷火だが、魔導剣の能力を使うタイミングなどはオレの指示で行っていた。

「白部や海東と違って障壁魔法なんかも使える訳じゃないしな。どうしてもオレが攻撃を受けるってなると前のお前達に負担がかかってしまう。オレは足手まといになるのはごめんだよ」

「足手まといだなんて」

「でもそれじゃ姫様チームに入ったって変わんないだろ？」

「相手が魔王じゃないなら打てる手はある。闇の衣をまとってないしな」

魔王の絶対防御だ。エルフ達の話から察するに、聖なる属性に関する技以外で突破するのは難しいだろう。まあ海東は魔法攻撃力だけで突破しそうだが。

『レプリカを持たせた姫様に道長を護衛してもらう。その上で道長の範囲攻撃ができる距離まで近づき、一撃を当てる。その後離脱だ。道長の攻撃が落ち着いたら総攻撃を開始する』

オレは地図に筆を走らせて大きく丸をつける。

「予定ではこの範囲内が影響を及ぼす範囲だ。お前達も回り込む際に、この建物よりもオレ達側に足を運ばないようにしてくれ。巻き込みかねない」

「巻き込みかねない？　そんなすごい攻撃なのか？」

「攻撃、というかなんというか」

「歯切れが悪いな」

オレは一つの拳大の弾を取り出して、地図の上、丸を書いた中心部分にその弾を置く。

「上手くいけば息の根を止めれるかもしれないが、まあ相手次第だな」

「こんなもので？」

「飛距離の関係上この位置まではオレ自身が足を運ばないといけない。それと味方も巻き込みかねないから、他の部隊にも下がってもらわないといけない」

「それはなんですの？」

姫様がオレの置いた弾に視線を向ける。

「広範囲に広がる、毒ですよ」

そう、これから行うのは攻撃ではない。虐殺だ。

◇◇◇

「あ、悪魔に効く毒などあるのか⁉」

「ええ、調べました」

鉄翼の悪魔、礫の悪魔、剣のゼオンに獣のグラン。他にも数多くの悪魔を倒し、時には捕虜にした。

オレは彼らの体を調べ上げて、捕虜にした悪魔で実験を行い、ある結論に達している。

「悪魔は、人間と変わらない。そう結論付けました」

「人間と、変わらない？」

「どういう？」

異世界の生物である悪魔だが、根本は同じなのだ。

つまり、神々によって設計された生き物であるということだ。

「悪魔といっても、口があり息をしています。水に顔を沈めればもがき苦しんで死ぬ」

「みっちー？　そんな事してたの⁉」

オレの言葉に明穂が声を上げる。

明穂は敵を正面からネジ伏せるタイプの人間だ。そして倒した相手に追い打ちをかけるのを良しとはしない。

「普通の人間と同様に『呼吸』をしていた。そして呼吸をする以上、肺がある。まあ肺と呼ぶのが正しいか分からないが、開いたらそれに該当するであろう器官があった」

「悪魔を解体していたのですか……」

「解剖の間違いじゃないのか？」

ダイラムさんの言葉に海東がかぶせるように言う。

「死んでたら解剖だったかもな」

「お前……」

生きているサンプルが必要だった。それだけの話だ。

「無味無臭で、相手に気づかれにくく、確実にダメージを与えれらる劇薬を作るのには苦労をした。鉱物毒を由来とした物を広範囲に放って、動くものにまとわりついて体の機能を阻害させる……呼吸器官にも入り込んで息の根を……」

「何を言っているの？　何を使うつもりなの？　みっちー⁉」

「明穂、もうこれ以上犠牲は増やせないんだ」

「ねえ、自分が何を作ったか分かってるの⁉」

オレの体を押さえつけるように、明穂の手がオレの両腕を掴んだ。

「アキホ、ミチナガ様がやったことは敵を知ろうと」

「姫様は黙ってて！　そんなこと、そんなことをやってたら、みっちーの、道長の心が。さっきの違和感、分かったよ……ねえ、川北さんのことはみっちーのせいじゃないんだよ？」

「明穂、必要なことだ」

「何が必要なことよ！　カッコつけないで！　小太郎！　あんたの指示⁉」

目に涙を浮かべながら、オレや小太郎に感情をぶつける明穂。

『明穂、それは』

「オレが勝手にやったことだよ。小太郎には事が終わってから報告したんだ。最初は空爆を考えたんだけどね。翼をもつ悪魔がいるから空爆は却下したんだ」

「ねえ、道長、悪魔だって、魔物だって、生きてるんだよ……」

「ああ、オレはそれが許せないんだ。悪いな」

オレ達の裏をかくように相良を殺し、オレ達の目の前で川北を殺した。

許せる相手ではない。

明穂の手を払い、地図に視線を向ける。

「専用の射出砲も作った。ただ毒の性質上あまり他の魔力の影響を与えたくない。試射した限りでは、大体五〇〇～六〇〇メートルくらいまで接近しないといけない」

先ほど弾を置いた地点から離れた位置に指を置く。射出機は海東が細かく構造を知っていたのでグレネードランチャーをモデルに作成した物を使う。

「騎士団やエルフ達も使って敵の中央をこじ開けて、姫様達に護衛をしてもらいながらできる限り近くまで接近する。そして、こいつを射出したら離脱だ。この毒は人間にも効くから早く逃げないといけない」

その言葉にセリアーネさんが口を開いた。

「解毒剤はないのか？」

「これは薬で抑えられる類の毒ではないからね」

呼吸器を正常に稼働させなくするものだ。毒と表現しているが、本質は違う。

「姫様をそのような場に……」

「セリア、戦場では常に死が付き物です。敵に切られて死ぬも、毒で死ぬも等しく死です」

「毒が拡散し始めたら、魔法使い達に風の魔法を使って防壁を築きます。風下に立ったら危ないですから」

オレの作った毒で味方が全滅だなんてことになったら洒落にならない。

「大体一時間程度有効です。空気中に拡散しやすくしましたが、空気中に長時間漂ったら性質が変わり地面に落ちてその効能を失います。ですので退却した後に距離を取れば問題ないと思います。そして悪魔達が無効化されたのを確認した上で再突入を行い生き残りを駆逐します。空気中に散布する関係上、室内にいる悪魔まで届かない可能性もあるし、そもそもこの毒が効かないタイプの悪魔がいないとも限りませんから」

『そして、その再突入のタイミングに合わせて無事な部隊で残敵掃討を行いつつ、幸一達で魔王を討つ』

毒を作ったのはオレだが、毒の性質を聞いたうえで作戦を考えたのは小太郎だ。

小太郎の言葉を締めくくりに、明穂を除く全員が頷いた。

◇◇◇

「ミチナガ様、またダウンしてますのね？」

「ミリア姫、ノックぐらいしてくださいよ」

会議の後、怪我や魔力の回復ポーションを大量生産して魔力がからっきしになったオレは部屋のベッドで寝っ転がっていた。そこに登場したのは姫様だ。

「全く。何でわたくしがアキホのフォローをしなければならないのですか」

腰に手を当てて、わたくし怒ってますアピールをするミリア姫。

会議の後、明穂のことを頼んでおいたのだ。たぶんオレとは話したくないだろうし、明日以降の準備のためにオレは作る物があったからだ。

ベッドから起きれずに首だけ姫様に向ける。

「明穂、どうでした？」

「色々とお話しましたが、最後は吹っ切れてくれましたよ。流石は武人アキホですね」

「そりゃよかった」

「弟にこれ以上負担はかけられないそうですよ？　頼もしいお姉ちゃんです」

「はは、手のかかる姉ですよ」

幼馴染だからな。

「ねえ、ミチナガ様」

「なんでしょうか」

「わたくし、次の戦いで貴方を全力でお守りしますわ。アキホと約束しましたの」

「頼りにしてますよ。オレ自身は弱いですから」

いくら自作の装備で固めようと、限界がくる。

どれだけいい素材で、どれほど強力な防具を用意してもそれ以上の攻撃を食らえば死ぬ。

他の連中もそうだが、オレは特にそれが顕著なのだ。

「ふふ、ミチナガ様レベルで弱いのであれば、騎士団は解散ですわね」

「そんなことないですよ。オレと同じ、いや。オレよりも弱い装備でも彼らはオレを殺すことができますから」

「そうでしょうか？」

「ええ、間違いなく」

ベッドの上で寝そべるオレの横に、腰かける姫様。

「……でも、ミチナガ様は死にませんわ。わたくしが守りますから」

「ありがとうございます」

「ですが、わたくしは死ぬかもしれません」

「姫様が死んだ時はオレも死ぬ時ですね」

「わたくしは守りますから、わたくしが死んでもミチナガ様は生き残りますわ」

「なんです？　それ」

「ふふ、なんでしょうね？　おかしいですわ」

「ええ、本当に」

所在なさげだった姫様の手が、オレの胸の上に置かれる。

「でも、姫様。オレを守ってくれるなら死なないでください。姫様が死んだら、オレ、生き残れる自信はないですから」

「わたくしが死んでもセリアが守りますわ」

「姫様の攻めがないと、セリアーネさん一人じゃ支えきれないですよ」

セリアーネさんは守りの天才だ。

姫様の護衛を任せられるだけあって、元々防御の能力が高く、この戦争でその力に磨きがかかっている。

「姫様がいて、護衛の親衛隊の皆さんがいて初めてオレは守ってもらえるんで。絶対に死なないでください」

「……はあ、まったく。ミチナガ様ですわね」

姫様はオレの胸に頬を乗せて、こちらを覗き込む。

最近は戦闘続きだったから、こんなにスキンシップをしてくるのは久しぶりだ。

ドキドキするが、姫様の暖かさが心地よくもある。

「本当は、本当はですよ？」

「はい」

「本当は、死ぬ前に『素敵な最後の思い出』をもらいに来たんですよ？」

「オレはこの戦いが終わったら消えるんで諦めてください」

「ほんと、強情ですわね。それに、そのように信頼されていては、最後だなんて言えないではありませんか」

のの字を胸に書かないでください。

「どなたか、心に決めた方がいらっしゃるのですか？　アキホですか？」

「ふはっ」

明穂はないわー。

「な、なんで笑うのですっ」

「すいません、ですが、明穂かぁ。そんな風に見えます？」

「……見えません」

「そりゃあそうですよ。あいつは、小太郎もですが兄姉弟の関係、みたいなもんですから」

「ミチナガ様は感情を誤魔化すのが上手くなりましたから信用できません」

「明穂にも聞いたのでは？」

「……聞きました」

まあ、そうだろうね。

「で、同じことを言われたのでは？」

「ええ、そりゃあもう。笑われてしまいましたわ。あんなの人に笑われたのなんて兄達くらいなものですよ」

「この戦いが終わったら不敬罪にでもかけてやってください」

「この戦いが終わったらいなくなってしまうじゃないですか」

そりゃあね。

「作戦が上手くいくことは確信してるんです。ミチナガ様のお造りになった物で失敗したものなんて……なんて……」

「こ、今回は大丈夫ですから」

「そうですわね、信じておりますわ」

姫様は顔をこちらに寄せて、頬にキスをしてきた。

「身動きの取れない殿方にこれ以上はいけませんわね」

「十分ボーダーラインを越えてると思いますけど？」

「ふふ、戦いが終わるのが残念でなりません。アキホやミチナガ様とお別れになってしまいますから。不謹慎かしら？」

「ええ、有罪です」

姫様とひとしきり笑い合った後、彼女はゆっくりとベッドから立ち上がった。

「部屋に戻りますわ」

「ええ、ゆっくり休んでください」

ドアから出がてら投げキスをよこしてきた姫様の顔を眺めてから天井に目を向ける。

「明日から、色々と試さないといけないな」

陽動が上手くいくように色々と検証しないといけないことも多い。

こちらの世界に来て、もう二年にもなる。

だが、終わりは見えて来た。

絶対に、負けられない。

◇◇◇

『作戦は成功か』

「ああ、連中は勇者である稲荷火ではなく聖剣を持つ姫様に攻撃を集中させてきた」

ぶっつけ本番に頼ることができない。

実際に姫様に聖剣を持たせて試してみることにしたのだ。

結果としては、十分に釣れた。

「しかし、偽物とは思えない程の威力でしたわね」

「なんかすげー複雑な気分なんですけど」

「お前が聖剣を自在に扱えるようになれば今日の姫様以上になるんだぞ？　不満を漏らすんじゃねーない」

「オレもあれが良かったのに」

「お前に聖剣の偽物渡してどうすんだよ……」

聖剣のレプリカだが、もちろん聖剣と同様の機能を持たせている。

聖剣とは違いエネルギー量は低いが、その分制御させやすい。

飛ぶ雷の斬撃とでもいうのだろうか。そういった物を発生させることができるのだ。

武器に聖なる属性を持たせることのできる素材を知らないので、実は単純に雷の剣だ。それに白部が聖なる属性を付与させて、姫様が聖なる雷の斬撃を飛ばしている。

広範囲に、殺傷能力の高く、しかも姫様によって操られているので制御もしっかりとしている。

連中はかなり驚いただろう。

『幸一の方はどうだ？　道長の剣でも戦えているか？』

「当たり前だろ。そもそも聖剣を渡される前は光の作った剣を使ってたんだから」

「その魔導剣もすごいだろ？」

「めっちゃ魔力食うけどな！」

　仕方ないだろ。魔王と本気で戦わせる前まで聖剣を隠さなきゃいけないんだし。

　聖剣を隠したせいで勇者が死んだら洒落にならないのだ。半端な物を渡す訳にはいかない。

『これから何度か姫様にそれを使ってもらい、持ち手が変わったと相手に錯覚させなければならない。姫様には負担がかかるでしょうが』

「問題ありませんわ」

　気丈に振る舞う姫様だが、先ほどまでかなり消耗をしていた。

　敵の集中砲火を浴びながら、レプリカで相手に攻撃を与えて更に注目を浴びなければならないのだ。精神的にも肉体的にもかなり疲労するだろう。

「姫様に問題など起きる訳なかろう？　我等が守るのだから」

「頼りにしてますよ、セリア」

「はっ！」

　そんな美しい主従関係を横目に、オレは小太郎の映るオーブに視線を向ける。

「それで？　他に仕掛けはあるのか？」

『ああ、いくつか作ってもらいたいものがある。相手を騙すには徹底的にやらなきゃならないからな』

「どういう事？」

『聖剣を持った幸一が主力ではあるが、幸一の周りを囲んでいたお前や白部、海東や道長がいないんじゃおかしいだろ？　明日以降はパーティメンバーを切り替えていくぞ』

明穂の疑問に小太郎が答える。

「姫様のパーティにあたし達も合流して戦うってこと？」

『それもあるが、何人か入れ替えで戦ってもらう。今後は幸一の周りを守りつつ、姫様を中心に敵を引きつける。幸一にはできるだけ戦闘経験を積ませないといけないので前線に行ってもらうぞ』

「わたくしの近衛達をコウイチ様にお貸しすればよろしいので？」

『ええ、それとセーナとリアナを幸一に付けます。エルフを幸一と組ませられれば一番良かったのだが』

「ダメ！　無理！　ノー！」

「だよなぁ」

あからさまな拒否反応を示す稲荷火と、あきらめの声を出す海東。

稲荷火はエルフに恨まれているからな。世界樹の枝、ぶった切ったし？　枝の下にあった里に壊滅的な被害を与えたし？

「エルフは強者が好きって聞いてたのに……」

「あいつら結構お前のこと好きだぞ？　獲物として」

「嬉しくないやいっ！」

エルフから見れば、簡単に死なない同族以外の相手が貴重らしい。

強めに攻撃を仕掛けてもなんだかんだで逃げて生き残るから、エルフ達は楽しそうに稲荷火を追いかけているのだ。

「いくら美人でスタイルの良いさいっこーのエルフのお姉さんでも、両手に凶器持ってる段階でアウトなの！」

「羨ましいぞ、こーいち」

「是非変わってくれ」

「ごめんこうむる」

「光っ！　海東がうざいぞ！」

「安心しろ、オレもお前がウザい」

お前の後始末大変だったんだからな！

あと海東、ナニがとは言わないがオレは知ってるからな？

◇◇◇

今日も今日とて戦闘を行った後、瀕死の一歩手前まで錬成を行いダウン。

疲れてはいるが、戦闘もあったので風呂だ。

ということで風呂である。

「あぁー、生き返る。飴もうまー」

即座に魔力を回復させられるマナポーションやエーテルは戦闘時に使うので、今舐めてるのは魔力回復を促進させる餡だ。

風呂の中で食うんじゃないって？　時間の節約だ節約。

「マスター、お背中を」

「いらん、洗濯物だけ頼むー」

「畏まりました」

風呂の外からリアナが声をかけてきた。

リアナからのお世話を躱す場合、別の仕事を与えるのがポイントだ。場合によっては風呂場に乗り込んでくるからな。

「ああ、よく効くと思ったが、まだダメージ残ってたな……」

お風呂にはポーションと生命の水溶液を混ぜた回復促進のお湯が張ってある。

戦闘後で気づいたが、打撲やら擦り傷やらが結構あった。

悪魔の攻撃で吹っ飛ばされたからなぁ。

「防御系装備の欠点だよなぁ」

敵からの攻撃をある程度防いでくれるのはいいが、防具自体が硬いのだ。

吹き飛ばされて地面を転がされたりすると、擦り傷やらができてしまうのはなかなか防げない。

「なんかもっといい防御手段ないかなぁ」

例の毒であれば悪魔は倒せるが、あれを使うのはオレだ。どうしてもオレが連中の本拠地、魔王城に近づかなければならない。

姫様や近衛の連中が守ってくれるとはいうが、オレは足手まといになってしまうのがほぼ確定だ。

オレの足が止まる時が、連中と一緒に敵陣のど真ん中の可能性があるのだから。

かといって、この危険な【兵器】を人に使わせる気にはならない。

近衛や姫様を信用していない訳じゃないが、人の手に渡ればそれこそ周囲の人間を誰にも気づかれずに殺すことができるアイテムだ。

オレ以外に持たせるのは論外だ。

クラスのメンバーにも渡す訳にはいかない。

海東辺りは問題ないかもしれないが、こんな殺戮兵器を渡して使わせれば、明穂や白部にトラウマを植え付ける訳にはいかないのだ。

「ああ、気が重い」

一応弾丸の形式で作成したので、お手製のグレネードランチャーもどきで発射できるようにした。

だが、暴発させる訳にはいかないので、あまり強い勢いで飛ばせない。

勢いがつかないから飛距離も低い。

空から落とせればよかったが、落としたあとオレが生き残れる自信がない。

空を自在に飛ぶ様な魔道具なんか簡単に作れないんだ。

明穂や川北みたいにブーツに仕込めばいいが、あれは連中の異常な運動神経のなせる業だし。

そんなことを思っていると、風呂場の扉が開く。

「え？」

「む？」

バスタオルで体を隠した、大きな胸の持ち主がそこにいた。

あー、そういえば鎧で気づきにくいけど、この人すごいよね。

「ミ、みちにゃが⁉」

「ああ、すいませんセリアーネさん。先入ってます」

「お、おお。そうか」

「はい」

よし、誤魔化せるな。

誤魔化せるか？

いい沈黙だ。誤魔化せたな！

「ミチナガ！　なんで風呂場にいる⁉」

誤魔化せてないっ！

「セリアーネさん、あんま声を上げないでください……」

明穂に知られたら殺される。

「す、すまん。響くな」

「そういう意味じゃないんですけど……とりあえず出ますね。見ないでください」

大事なところをタオルで隠し、セリアーネさんの横から逃げるっ！

「っ！　お、お前っ！」

「……なんですか、離してください」

「傷だらけじゃないか！　カナデに回復をしてもらわなかったのか⁉」

「そこまでの怪我じゃないですよ」

「ポーションはどうした⁉」

「やあ、工房まで戻ってこれたからいいかなって」

「馬鹿者！　すぐ湯に浸かれ！　私も回復魔法を使う！」

「風呂から出たらポーション飲みますから」

「先ほど兵士達に配給する分を出していただろう？　自分の分はあるのか？」

「う……」

鋭い。

「浸かれ」

「……はい」

言われるがままに、風呂に戻る。

「セ、セリアーネさん？」

「ち、ちがうぞ⁉　これは確認だ！　ちゃんと貴様が風呂に入るか見ているのだ！」

「もう入ってますけど」

「か、肩まで浸からんか馬鹿者！」

顔を真っ赤にしてまで怒らないでよ。

とりあえず後ろを向こう。

「どうした？」

「いつまでも見つめてたらまずいでしょ」

「〜〜〜〜っ！」

石鹸を投げないでください。痛いですから。

◇◇◇

「あの時だな？」

「どの時です？」

後ろを向いてる間にセリアーネさんは体を洗い、湯舟に入ってきた。

お風呂広くて良かった。近くに来られたら恥ずかしすぎる。

「あの爆発を起こす悪魔の攻撃であろう」

「そうですね」

隠してもしょうがない。

「何が直撃は避けただ」

「ちゃんと避けましたよ」

「私がヤツの攻撃を後ろに通したせいだ。すまない」

「何を言い出すかと思えば……」

セリアーネさんの一番の仕事は姫様の護衛だ。あの悪魔の攻撃を避け損ねたのはオレが未熟なせい。

「分かってないですね」

「何がだ」

「セリアーネさんは姫様を守ればいいんです。姫様が怪我をしただけで士気に関わるんですから」

現状、士気は最高潮に高まっている。

姫様が聖剣を振るっているからだ。

騎士団や兵士達の中で、姫様が持つ聖剣が偽物だと知っている人間はほとんどいない。

近衛、親衛隊のメンバーだけである。

「しかしだな」

「聖剣を手に持って、魔物を蹂躙し悪魔と対等に戦う姫様がここで倒れたら作戦も何もありません。姫様が聖剣を持つことがここまで味方を盛り上げるのかと、正直驚いているくらいです。やはりポっと出の異世界人にこの世界の明暗を賭けるよりも立場のある姫様の方が影響力は強いですね」

稲荷火が暴発させたことで兵士達や騎士達にも被害が出ている。

そんな稲荷火が制御できなかった聖剣を姫様が制御しているように見えるんだ。そりゃあ味方の盛り上がりも納得だ。

「そんな姫様を守るのがセリアーネさんの仕事です。オレなんかを気にかけてる暇はないのでは？」

「……私は、姫様を守る盾だ」

「そうです」

分かってくれたようだ。

「でも、それでも守りたいんだ。そのために今まで鍛えたのだから」

湯舟のお湯が波打つ。

「ポッと出なんて言わないでくれ。お前達とは二年近い付き合いになるんだ。私は少なくとも、お前達を信用している。信頼している」

「セリアーネさん？」

「回復してやると言っただろう。私はカナデやリアナみたいにうまく回復魔法が使えないんだ。直接触った方が効果が出る」

オレの背中に手を当てて、回復魔法を発動させる。

「呆れたものだな。ヒビが入ってるじゃないか」

「ああー、そんなダメージだったかぁ」

「錬金術師は人の治療もするんだ。自分の体の状態くらい把握しろ、まったく」

「すいません」

「ここにも傷だ、こっちも。前もあるんじゃないか？」

「か、勘弁してください」

「ダメだ、治してやるから目を瞑ってこっちを向け」

「でも」

流石に恥ずかしいです、はい。

「それじゃあしょうがないな。うん、しょうがない。こ、これは治療だから、必要なことだからな」

「はあ」

むにゅり、そんな感覚と共にセリアーネさんが後ろから抱き着いてきて、手をオレの胸に当てた。

「ちょっ！」

「これならば、治せるだろう？」

耳元でセリアーネさんの声が聞こえる。

「こら、動くな」

「そんなこと言っても、うわっ！　どこ触ってるんですか！」

「ち、治療だと言ってるだろう！」

「だめっ！　ストップ！　それ以上、下はいけない！」

男の子の象徴があるからダメぇぇぇぇ！

本書に対するご意見、ご感想をお寄せください。

あて先

〒162-8540 東京都新宿区東五軒町3-28
双葉社　モンスター文庫編集部
「ている先生」係／「布施龍太先生」係
もしくは monster@futabasha.co.jp まで

おいてけぼりの錬《れん》金《きん》術《じゅつ》師《し》

2021年12月29日　第1刷発行

著　者　てぃる

発行者　島野浩二

発行所　株式会社双葉社

〒162-8540　東京都新宿区東五軒町3番28号
[電話] 03-5261-4818（営業）　03-5261-4851（編集）
http://www.futabasha.co.jp/（双葉社の書籍・コミック・ムックが買えます）

印刷・製本所　三晃印刷株式会社

[電話] 03-5261-4822（製作部）
ISBN 978-4-575-24458-8 C0093　